東坡詞選注

劉少雄——著

五南圖書出版公司 印行

前言

蘇軾，字子瞻，自號東坡居士，卒諡文忠。眉州眉山（今四川眉山縣）人。生於宋仁宗景祐三年（一〇三六），卒於宋徽宗建中靖國元年（一一〇一），年六十六。軾少登進士第，奮厲有當世志。王安石變法，軾以政見不合，自請外任，歷任杭州、密州、徐州、湖州等地方官。因詩作「謗訕新政」，被捕入獄，史稱「烏臺詩案」；以是坐貶黃州團練副使。謫黃五年，再被起用，累官至端明殿學士兼翰林侍讀學士、禮部尚書。晚歲又坐元祐黨籍，謫惠州、瓊州七年。徽宗立，遇赦北還，次年病逝常州。

東坡於詩、文、詞、書、畫皆稱大家；而資稟忠愛，議論英發，歷典州郡，所至皆得民心；其文章政事爲天下所景仰，不獨是宋代文壇宗師，更對宋以後文化有深遠之影響，允爲知識分子之典範，亦廣受世人之喜愛。其性情豁達，交遊廣泛，達官貴人、文人雅士、道士僧侶、野老田夫皆可論交。而推掖後進不遺餘力，知名之士歸之，其中最著名的有黃庭堅、秦觀、晁補之、張未，稱「蘇門四學士」。然軾天資既高，豪邁之氣不能自掩，每以文字談諧開罪於人；屢遭遷謫，不完全是由於政爭的緣故（以上生平履歷參考鄭騫《詞選》）。

東坡詞清麗舒徐，「逸懷浩氣超然乎塵垢之外」（胡寅〈酒邊詞序〉），雖有不諧音律處，但「橫放傑出，自是曲子中縛不住者」（晁補之語）。就詞史意義言，論者以為北宋詞風至東坡而有了重要改變，內容漸趨豐富，體勢更見恢張，終得超越「胡夷里巷之曲」之出身，成為文人抒情寫志之新體裁，不但影響南渡詞壇，並開南宋辛棄疾一派，合稱蘇辛，澤被後世，允稱詞史巨宗。王灼《碧雞漫志》說東坡：「偶爾作歌，指出向上一路，新天下耳目，弄筆者始知自振。」則不獨言其詞史上之貢獻，更推崇其作品之藝術成就。蓋蘇軾以詩為詞，意境清曠高遠，運筆空靈自然，無論寫現實之挫折、無常之感慨、歸耕之閒情、懷古之幽思或夫妻兄弟朋友之情，凡其佳作莫不於疏俊峭拔之筆調中，呈現曠達溫厚、清麗動人之意境，是以後人多賞其韶秀舒徐之筆調，而王鵬運更認為此乃東坡才華、性情、學問、襟抱之結晶，「舉非恆流所能夢見」者。

東坡詞既「婉約」又「豪放」，其後更導向「清曠」之境的開拓，而其詞中實有一種深沉的時空憂患意識——「人生有別」、「歲月飄忽」——面對這樣的時空之感，東坡既入乎其內，亦能出乎其外。我們用心閱讀東坡詞，可以清楚看見他以理導情、自我紓解的一番努力。東坡詞之有境界，乃源自他的眞性情與眞感受，以及豐富的學養和銳敏的才思，而其詞中悲喜情懷的轉折變化，則與他一生的立身行事相關。因此分期閱讀東坡的名篇，觀察其創作歷程，可以深刻體會一種抒情文體與作家內在生命的緊密關係。

東坡詞分期，最早由龍沐勛（榆生）提出。他在〈東坡樂府綜論〉一文說：「東坡詞格，亦隨年齡而有轉移。大抵自杭州至密州爲第一期，自徐州貶黃州爲第二期，去黃以後爲第三期。」後來學者多主四期說：即杭州時期、密徐（湖）時期、黃州時期、黃州以後期。最著者如村上哲見〈蘇東坡詞論〉說：「第一期：熙寧五年至七年（一〇七二—一〇七四），東坡三十七歲至三十九歲，在杭州通判任內。……這是習作時期」；「第二期：熙寧七年至元豐二年（一〇七四—一〇七九）。三十九歲至四十四歲，任密州以及徐州知事時期」；「第三期：元豐三年至七年（一〇八〇—一〇八四）。四十五歲至四十九歲，遭貶謫，居黃州。……可以說是成熟期」；「第四期：元豐七年，四十九歲離開黃州以後。……可以說已如餘響」（見《宋詞研究》）。朱德才〈東坡樂府分期論〉即據此分別標作發軔期、成熟期、巔峰期、衰微期。亦有提出五期說者，如薛瑞生於〈論蘇東坡及其詞〉即在杭州前再立一「發軔試筆期」，這是基於他所主張的「東坡詞與詩文創作同步說」而立論的（見《東坡詞編年箋證》）。不過這說法論證不足，未可採信。目前還是以四期說最爲學界所接受。

東坡詞四期的風格如何？簡單概述如下：

一、杭州時期：詞風的形成——由寫景酬唱到遣情入詞

東坡杭州詞主要有寫景、酬贈、思鄉、送別等題材。寫作方式由泛泛的應景酬唱發展到眞摯的遣情入詞，技巧雖未臻成熟，但已見東坡詩化詞風之雛形。從詞的創作歷程來看，熙寧七年（一〇七四）是相當重要的一年，詞的內容多與「人生有別」、「歲月飄忽」的人生課題相關。前此，紀遊寫景的作品中，雖可看出他駕馭長短句的能力，偶有佳作，但整體來說情韻則略感不足。熙寧七年，作品激增，而且多屬送別主題，包括送人遠行和自別朋儕。而別情尚不只此，東坡於是年行縣途中，無端引起家鄉之思，而在人生無著的感嘆中，更增對杭州之憶想，這種矛盾無奈的心情都見之於詞。東坡杭州詞中的思鄉愁緒與憶杭情結，充滿著天涯漂泊、失志流轉的哀感。

傷離念遠，感舊懷鄉，觸動了東坡的心魂，發而爲詞，藉著文體的婉轉幽微的抒情特性，形成眞摯動人的韻致，開創了東坡於詩歌外另一種抒情語調。

二、密徐湖時期：東坡詞的成熟期——由豪婉到清曠及新境界的開拓

這一時期的作品注入了詩的特質，自成一家，兼豪放與婉約，既深情又清曠，抒懷感事如見其人，贈妓酬唱別有風味，掀開了東坡文學新的一頁，乃其詞之成熟階段——東坡因詞而識情、悟理，詞亦因東坡而體尊、境闊。

東坡由杭赴密詞中道出了「行役之苦況，家國之痛感，仕途之浮沉，人生之悲涼」（引薛瑞生語）。而歲月飄忽之感尤其濃烈，此時的詞出現了許多「老」「病」之嘆。此時所作兩首長調〈沁園春．赴密州早行馬上寄子由〉、〈永遇樂．孫巨源以八月十五離海州……〉，卻是東坡早期詞難得出現的體製，開展出東坡詞「言志」與「抒情」的兩種風格面向：一表現為雄豪，一表現為清婉；前者文筆揮灑，鋪敘、描寫、議論交錯運用，於詞中直抒襟抱理想，後者細膩，人我兼寫，今昔映照，娓娓道出婉約的深情。

密州作「十年生死兩茫茫」、「老夫聊發少年狂」兩首〈江城子〉則繼承上述詞風，發抒了極端哀傷淒婉、清勁豪邁之情志。其後作〈水調歌頭〉寄懷子由，以「但願人長久，千里共嬋娟」結筆，能從離恨之愁苦怨懟中轉為溫馨美麗的祝願，指出向上一路，已初步展現出一種清曠的意境。

東坡在徐州，救災恤患，身心俱疲，感慨特別深刻，詞中多了些蒼茫空漠之感。〈永遇樂〉（明月如霜）一詞寫景述懷，憶往事，思來者，感嘆時空變幻，是東坡詞「清麗韶秀」的代表。此外，另有一系列〈浣溪沙〉詞寫農村情景，筆調閒遠，頗有宋詩風味。這些題材與風格表現，都可見東坡開拓創新之功。

密州詞的寂寥之感，徐州詞的無常之慨，到了湖州則多猶疑不安的情緒，更深層的寂寞。不久即發生了「烏臺詩案」，不但改寫了東坡的政治生涯，更將東坡詞境推往新的階段，賦予更深刻豐富的生命意涵。

三、黃州時期：東坡詞的巔峰期——由深沉的生命感思到超曠的人生意境

「烏臺詩案」後，東坡責授黃州，這是他仕宦生涯的最大挫折，卻是他詞作的巔峰期。這時期可編年詞六十餘首，質量俱佳。

東坡黃州詞充分反映其在貶謫生涯中生命情懷如何由餘悸猶存到隨緣自適的轉變歷程，其中有現實的挫折感、生命的無常感嘆，也能呈現出曠達的胸襟、歸耕的閒情，由沉痛悲涼變為清遠

曠達，東坡生命境界的提昇於焉可見。而在運筆構篇的表現上，東坡的黃州詞大多圓融無痕，揮灑自如，雖偶不合律，卻天趣獨成。詞境或清麗韶秀，或雄健俊逸，或超曠平和，俱見東坡之才華、性情、學問與襟抱。

謫黃第三年的元豐五年（一〇八二）是最關鍵的一年。這一年，四十七歲的東坡，心境變化極大，情緒最爲複雜，由苦悶、不安、悲嘆，漸趨舒緩、平靜、放曠，在閉門自省、歸田躬耕、憂心國是、訪友閒吟、放浪山水的生活中，對時間推移、生命無奈之感特深，而相對地，希望回歸平淡、嚮往閒適生活之情尤切，如是，在夢與醒之間，情與理之際，由悲哀到曠達，轉折跌宕的情思，一一都記錄在東坡的詩文詞裡，留下了許多不朽的名篇，像〈寒食雨〉二首、前後〈赤壁賦〉、〈記承天寺夜游〉都是大家都熟悉又喜愛的作品。

我們由〈卜算子・黃州定慧院寓居作〉、〈西江月・黃州中秋〉等詞會讀到東坡剛到黃州時的無奈與悵惘，也看見他在〈定風波〉、〈念奴嬌・赤壁懷古〉、〈臨江仙・夜歸臨皋〉等詞中經歷人生風雨而後在大自然中尋得心靈的安頓。文學中的所謂「曠」，表現在由窄往寬處去看世間事物的方式與態度，並據此而展現出由窄往寬處去寫作並創造的意境。詞境即心境，東坡黃州詞裡的明月清風，正是他靈明超曠之心境的投影。

四、黃州以後：東坡詞的餘響——即事遣興中時有淡遠之境雅健之筆

東坡重返京師任翰林學士，後又四任地方知州，謫居惠州、儋州，官宦生涯更多轉折變化，而且隨著年事日高，心境趨於寧靜淡遠，詩作重為主力。十六年間，可編年詞僅七十餘首。東坡詞至此呈衰微之勢，一則數量減少，再者無論題材風格均較少開拓創新之境。

東坡詩云：「心閒詩自放，筆老語翻疏。」東坡此期的詞，如其詩一般，也有相同的特色——信筆直抒，不求文字之工，任情揮灑，但得自然之妙。詞中所述情意，大多平和閒適，即或抒寫寂寞，也不見沉鬱悲愴的語調；所用文辭，亦多平實清疏，設色素淡；間參哲理，偶有雅健之筆。這時期的詞，最大的特色就是，即事遣興，率爾成章，其佳作以淡遠爲主；如或感慨不深，出語直率，則淡乎寡味，有如遊戲之作。

東坡黃州以後的詞，固然不如過去之絢麗多彩，但仍似落日餘暉，自有其掩映動人的風姿。名篇佳句如〈木蘭花令〉的「與余同是識翁人，惟有西湖波底月」、〈浣溪沙〉的「人間有味是清歡」、〈定風波〉的「此心安處是吾鄉」，這些樸實無華的字句，自然流動著東坡的神采氣

韻，也展現出一個偉大作家那份自信、和樂、寬厚的學養與胸襟。而其神之清，境之高，意之曠，則爲東坡詞推上了一個新的界域，爲其晚期風格賦予了更深厚的人文意義。

這本東坡詞集主要依分期編選，希望能具體呈現東坡詞境演進變化之軌跡。關於選注的工作，有幾點說明略陳如下：

第一、本書的選詞和編年，主要參考下列諸書：劉尚榮校證《傅幹注坡詞》，龍沐勛校箋《東坡樂府箋》，曹樹銘校編《蘇東坡詞》，石聲淮、唐玲玲箋注《東坡樂府編年箋注》，薛瑞生箋證《東坡詞編年箋證》，鄒同慶、王宗堂校注《蘇軾詞編年校注》，朱靖華等編《蘇軾詞新釋輯評》，張志烈、馬德富等主編《蘇軾詞集校注》，譚新紅編著《蘇軾詞全集》及王水照選注《蘇軾選集》。

第二、所選東坡詞以有代表性及藝術性爲主，重質不重量，並且希望能兼顧東坡詞在表現形式或題材內容上等多方面的特色。計收錄杭州詞十六首、密徐湖詞二十九首、黃州詞二十七首、黃州以後詞十九首、未編年詞九首，合共一百首。

第三、詞的注釋，旨在詮解字句之涵義，以助讀者理解文本辭情為要務，希望能做到信達得體。詞中典故，儘量註明出處，亦以切合文本內容或表現形式為依歸。至於附會牽強的本事說，則不採錄。

第四、詞後附錄諸家論述東坡詞之練字造句、章法結構、內容意境、風格特色等方面的詞評，以資讀者鑑賞之參考。

此外，另附思考問題，旨在幫助讀者針對東坡詞各時期的內容，歸納整理出一些重點。而延伸閱讀書目，則提供讀者進一步理解東坡其人其詞的指引，希望能推廣並加深大家對東坡詞的認識。

東坡詞既然與東坡一生的立身行事有關，讀者要對東坡詞情有更貼切的感受、深刻的體會，如能一邊讀詞，一邊欣賞東坡傳記，應該會有很好的效果。

東坡詞清麗舒徐，如秋夜的星光、月色，與我們既遙遠又親近。我們以愉悅的心情展讀東坡詞，倘徉於〈水調歌頭〉、〈江城子〉、〈永遇樂〉、〈定風波〉與〈念奴嬌〉等一篇篇的心情紀錄，如晤故人一般，自能心領神會。除了可以看見天才駕馭技巧的藝術表現，我們更可貼近東坡的內在世界，親切感受一個偉大心靈的躍動，以豐富我們的生命境界，讓我們知曉如何在人情世界中尋得心靈的安頓。

目錄

（二）送別思鄉 015

五、未編年詞 207

東坡詞選注

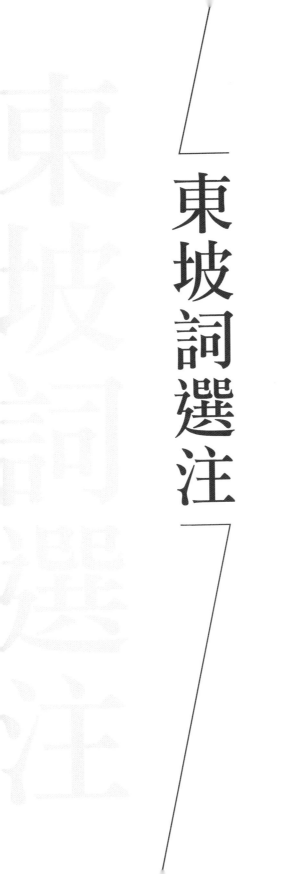

一、杭州時期

宋神宗熙寧四年（一〇七一）—熙寧七年（一〇七四），三十六—三十九歲

宋神宗熙寧四年正月，王安石欲變科舉，興學校，詔議之。蘇軾上狀，以爲徒紛無益。神宗詔對。安石不悅，命權開封府推官，將以多事困之。軾數上書神宗，安石滋怒，使御史論其過，遂請外。六月，通判杭州。七月，赴陳州，與弟轍相聚，並同謁歐陽修於潁州西湖。十一月，到杭，時沈立爲知州。熙寧五年七月，歐陽修卒，九月，軾聞訃，哭於孤山惠勤之室。是歲，陳襄（述古）代沈立知杭州。熙寧六年正月，行部富陽、新城。十一月，赴常、潤賑饑。熙寧七年四月，王安石罷知江寧府。七月，陳襄罷杭州任，楊繪（元素）來代。軾任期將滿，以弟轍在濟南，求爲東州守，乃有移知密州之命。秋末，離杭。

（一）寫景酬唱

浪淘沙

昨日出東城，試探春情。牆頭紅杏暗如傾。檻內群芳芽未吐，早已回春。　綺陌斂香塵，雪霽前村。東君用意不辭辛。料想春光先到處，吹綻梅英。

此詞作於通判杭州時，而年無所考。按：朱祖謀、龍榆生本《東坡樂府》，編在熙寧五年（一〇七二）。其後諸家，多採此說。惟近代亦有主張熙寧六年（一〇七三）者。

東城：指杭州東城門。《夢粱錄》卷七：「城東門者三：曰崇新門，俗呼薦橋門；曰東青門，俗呼『菜市』；曰艮山門。」

試探春情：唐宋風俗，正月半後，爭至郊外宴遊，曰「探春」。五代王仁裕《開元天寶遺事》卷下「探春」條：「都人士女，每至正月半後，各乘車跨馬，供帳於園圃，或郊野中，爲探春之宴。」春情，猶言春景、春光。

牆頭句：謂牆上紅杏長得茂密深濃，彷彿傾瀉下來一般。

檻：欄杆。

綺陌：指風景美麗的郊野道路。

斂香塵：意謂沒有芳香的塵土飛揚，指道路潔淨。

雪霽：雪止天晴。

東君：又稱東皇、東帝，指東方青帝，爲司春之神。

編者按：此調應押同部平聲韻，惟「城」、「情」、「傾」、「英」等韻字，屬第十一部，而「春」、「塵」、「村」、「辛」等韻字，則屬第六部。

行香子　過七里瀨

一葉舟輕。雙槳鴻驚。水天清、影湛波平。魚翻藻鑑，鷺點煙汀。過沙溪急，霜溪冷，月溪明。　重重似畫，曲曲如屏。算當年、虛老嚴陵。君臣一夢，今古空名。但遠山長，雲山亂，曉山青。

宋神宗熙寧六年春二月，東坡任杭州通判，奉命巡查富陽，由新城至桐廬，乘舟富春江，經過七里瀨。此詞敘寫此「過」之歷程。

七里瀨：又名七里灘、七里瀧、富春渚，在今浙江桐廬縣嚴陵山西，長七里，故名；與嚴陵瀨相接，桐廬縣南有嚴子陵魚釣處。

魚翻藻鑑：謂水明如鏡，游魚在水藻中翻轉跳動。杜甫〈絕句六首〉其四：「翻藻白魚跳。」

鷺點煙汀：謂鷺鷥在小洲上忽起忽落。點，一觸即起。煙汀，煙靄迷濛的小洲。

過沙溪急三句：敘述輕舟經過七里瀨的情景。運用短句，快節奏的聲音效果，喚起船過險灘那種急速變化的感覺經驗。三句，寫三景，表達三種感覺：沙石纍纍的溪段是「急」、霜氣瀰漫的溪段是「冷」、月亮高照的溪段是「明」。這裡既寫空間的變化，也以此暗示了時間的變化。過，是領字，安排在一段完整長句的最前頭，用來帶領全段意思的虛字（指名詞以外的各種詞類），通常會用去聲的動詞或副詞，可省略語句，也可變換語序，產生更緊湊的節奏感，能凸顯語意、聲情的效果。下片的「但」字，也是領字。

重重二句：形容七里瀨一帶的山勢重疊曲折，如畫屏般羅列眼前。葉夢得《避暑錄話》卷上：「〈七里瀨〉兩山聳起壁立，連亙七里。」《太平寰宇記》卷七五：「《輿地志》：桐廬有嚴陵山，境尤勝麗，夾岸是錦峰秀嶺。」

嚴陵：嚴光，字子陵，會稽餘姚人。少時即有高名，與東漢光武帝劉秀同游學，光武即位後，改變姓名，隱身不見。光武派人尋訪，徵召到京，他說：「士故有志，何至相逼。」堅決辭官不做，耕釣於富春山，後人稱之爲嚴陵山。

君臣二句：謂光武之好賢、嚴光之守節，俱成陳跡，都如一夢，徒然留下清高的名聲。作者乃藉人事之虛幻又短暫，對照山水之眞實而長久。

但遠山長三句：描述眼前山景的各種變化。如同上片最後三句，寫三種景色，表達三種感覺：往遠處看，一脈山巒是「長」；往高處看，雲霧籠罩山峰是「亂」；而早上起來看見的山色，整體感覺是「青」。以下三句承上二句，說君臣之事皆已成空，依然存在的就只有眼前的青山。但，只也。

江城子　湖上與張先同賦，時聞彈箏。

鳳凰山下雨初晴。水風清，晚霞明。一朵芙蕖，開過尚盈盈。何處飛來雙白鷺，如有意，慕娉婷。忽聞江上弄哀箏。苦含情，遣誰聽。煙斂雲收，依約是湘靈。欲待曲終尋問取，人不見，數峰青。

此詞作於熙寧六年六、七月間，東坡杭州通判任上。

湖上：指西湖。

張先：字子野，烏程（浙江吳興）人，詩格清麗，尤長於歌詞，與柳永齊名。晚年以都官郎中致仕，優遊於杭州、湖州之間，嘯歌自得，至老不衰，年八十餘，視聽猶精健。

鳳凰山：在杭縣城南。《方輿紀要》：「山巖壑逶迤，左瞰大江，如鳳凰欲飛，故名。」

芙蕖：荷花之古稱。

盈盈：形容儀態美好。

何處二句：所寫情境似脫胎自杜牧〈晚晴賦〉：「復引舟於深灣，忽八九之紅芰。姹然如婦，斂然如女。墮蘂黦顏，似見放棄。白鷺潛來兮，邈風標之公子；窺此美人兮，如慕悅其容媚。」娉婷，形容女子姿態輕巧美好，亦指美女，此乃將荷花擬作美人。

忽聞句：忽然聽見江上傳來動人的箏聲。弄，彈奏。白居易〈琵琶行〉：「忽聞江上琵琶聲。」哀箏，感人的箏樂聲。哀，喻其音色，婉轉而幽深，足以啓人之思懷。

苦含情：言其深含情意。苦，極甚之辭。

遣誰聽：謂此樂曲不知彈奏給誰聽？讓誰來欣賞呢？遣，有令使之意，與「教」、「讓」之義同。

依約：依稀隱約。

湘靈：古代傳說中的湘水之神。《水經．湘水注》：「帝舜二妃，娥皇、女英，帝堯之二女也。從舜南征三苗不返，道死沅湘之間，後世謂之湘靈。」《楚辭．遠遊》：「使湘靈鼓瑟兮，令海若舞馮夷。」洪興祖補注：「此湘靈乃湘水之神，非湘夫人也。」此處暗指彈箏女子飄渺超絕。

欲待三句：化用唐代錢起〈湘靈鼓瑟〉詩事，以狀當時情景。《唐詩紀事》卷三十「錢起」條記載：天寶十年，錢起宿於江畔旅舍，夜裡聞庭中有人吟詩曰：「曲終人不見，江上數峰青。」起來查看，卻不見人影。第二年，赴長安應試，有一道詩題是「湘靈鼓瑟」，錢起即據前所聞用爲末二句，詩云：「善鼓琴和瑟，常聞帝子靈。馮夷空自舞，楚客不堪聽。苦調淒金石，清音入杳冥。蒼梧來怨慕，白芷動芳馨。流水傳湘浦，悲風過洞庭。曲終人不見，江上數峰青。」尋問，探索。取，語助詞，猶得也。

行香子　丹陽寄述古

攜手江村，梅雪飄裙。情何限、處處銷魂。故人不見，舊曲重聞。向望湖樓，孤山寺，湧金門。　尋常行處，題詩千首，繡羅衫、與拂紅塵。別來相憶，知是何人。有湖中月，江邊柳，隴頭雲。

熙寧七年（一〇七四）正月，東坡自杭州赴潤州，過丹陽作。

丹陽：今江蘇丹陽。北宋屬兩浙潤州丹陽郡，位於潤州東南六十四里。

述古：陳襄，字述古，神宗時任諫官，反對王安石變法。神宗曾向陳襄訪問可用之人，襄舉司馬光、蘇軾以對。這引起王安石的不滿，被命出知陳州（河南淮陽），熙寧五年，改知杭州。

攜手二句：以去年情況推想述古今春出遊事。熙寧六年，東坡有〈正月二十一日病後述古邀往城外尋春〉，述古〈和蘇子瞻通判在告中聞余出郊以詩見寄〉云：「鬧逐牙旗千騎遠，暗驚梅萼萬枝新。」所謂「梅雪飄裙」，即指尋春時正值梅花似雪，飄沾衣裙。

情何限、處處銷魂：此承前二句，謂尋春時心情暢快，所遊賞之佳景，無處不令人陶醉。何限，即無限也。銷魂，因極度哀愁或快樂而心迷神惑，也作消魂。俗謂人的精靈爲魂，因過度刺激而神思茫然，仿佛魂將離體。多用以形容極度悲傷的情狀，也可形容無比歡樂、令人陶醉不已的感受。

故人二句：謂述古今春亦往湖山勝處遊賞，聞舊曲而思故人。按：此乃對面寫法，設想杭州友人對自己的懷思。故人，指東坡。

望湖樓：五代時吳越王錢氏所建，在西湖昭慶寺前。

孤山寺：又名廣化寺，在西湖西側的孤山上。孤山一山聳立，旁無相連之山，所以得名。

湧金門：宋時杭州的正西門，即豐豫門。

繡羅句：宋代吳處厚《青箱雜記》卷六說，魏野曾和寇準（北宋名相）同遊寺廟，各有題詩。數年後兩人重遊故地，只見寇準的題詩被人用碧紗籠護，而魏野的題詩上落滿了灰塵。有個同行的官妓頗慧黠，立即上前用衣袖拂去塵土。魏野說：「若得常將紅袖拂，也應勝似碧紗籠。」此處以狂放的處士魏野自比，以陳襄比寇準，表示尊崇。

湖中月三句：本是自己對杭州風物的懷念，卻從對面著筆，寫杭州風物對自己的思憶。湖，指西湖；江，指錢塘江；隴，同壟，岡壟，指孤山。月、柳、雲等意象，皆與離思相關，容易讓人睹物而興懷。

卜算子　自京口還錢塘，道中寄述古太守。

蜀客到江南，長憶吳山好。吳蜀風流自古同，歸去應須早。　還與去年人，共藉西湖草。莫惜尊前仔細看，應是容顏老。

此詞作於熙寧七年三月。

京口：即今江蘇鎮江市。京口是六朝長江下游軍事重鎮。東漢建安年間，孫權治此，稱爲京城；及遷建業，改名京口。

錢塘：指杭州。

道中寄述古太守：熙寧六年十一月，東坡奉兩浙路轉運司派遣，往秀州、蘇州、常州、潤州等地辦理災民賑濟事宜，次年五月事畢返杭，此詞爲歸途中寄贈知州陳襄之作。太守，本爲戰國時對郡守的尊稱，漢景帝時改郡守爲太守，是一郡的最高行政官員。宋代的知州，其職位相當於漢代的太守。

蜀客：作者自稱。蜀，四川的簡稱。東坡是四川眉州眉山人，客居江南，故稱蜀客。

吳山：在杭州府城內西南隅。山上有伍子胥祠及城隍廟，故又稱胥山、城隍山。此處代指杭州。

吳蜀二句：謂江南和蜀地的民風雅韻自古以來皆相同，因此就要及早回杭州去。作者的意思是：既然兩地有相同之處，如今思鄉情切，卻不能歸鄉，那麼就把杭州當眉州，歸吳（杭州）也就形同歸蜀了，這與上文懷念杭州之意相承。東坡同時寫作的詩〈常潤道中有懷錢塘寄述古五首〉之四云：「應須火急回征棹，一片辭枝可得黏。」用意略同。

去年人：去年同遊西湖的人，指杭州知州陳襄。

共藉句：謂一起坐在西湖草地上。藉，動詞，鋪墊；藉草，就是以草爲墊，鋪坐其上，簡言之，即「坐在草地上」。

莫惜二句：謂無須驚怕在酒筵上端詳彼此，相較於去年，我們的容顏應該都不免又衰老了些。張相《詩詞曲語辭匯釋》：「惜，猶恐也；怕也。」尊前，指酒筵上。尊，同樽，酒器。東坡〈常潤道中有懷錢塘寄述古五首〉之一云：「休驚歲歲年年貌，且對朝朝暮暮人。」亦含此意。

編者按：東坡填寫〈卜算子〉詞僅兩闋，皆寓有深意。此詞篇幅雖短，然故鄉之思、羈旅之情、朋友之誼、年華流逝之嘆，多種情思糾結一起，交疊呈現，概述了東坡此時期詞的主要情意內容。初到黃州所賦「缺月掛疏桐」一首，借孤鴻以喻一己遭挫折後驚悸、憂憤之情緒，也展現出一種不易被摧折的精神，語意高妙，頗獲好評。

虞美人　有美堂贈述古

湖山信是東南美，一望彌千里。使君能得幾回來，便使尊前醉倒更徘徊。　沙河塘裡燈初上，水調誰家唱。夜闌風靜欲歸時，惟有一江明月碧琉璃。

熙寧七年七月，陳襄離杭州任，移守南都（河南商丘），詞即作於此時。傅幹《注坡詞》：「《本事集》云：陳述古守杭，已及瓜代，未交前數日，宴僚佐於有美堂。侵夜，月色如練，前望浙江，後顧西湖，沙河塘正出其下。陳公慨然，請貳車蘇子瞻賦之，即席而就。」

按：貳車，州群副職，即指杭州通判。通判爲副貳，有「監郡」之意，入則貳政，出則按縣；凡本州民兵、錢穀、戶口、賦役、獄訟聽斷之事可否裁決，與知州通簽書施行；所轄官屬有善否，及職事修舉、廢弛，得按刺以聞。上州通判，正七品；中下州，從七品。杭州爲上州。

有美堂：在杭州城內吳山最高處。嘉祐二年（一〇五七），梅摯出守杭州，宋仁宗賜詩有「地有吳山美，東南第一州」之句。梅摯到杭後，在吳山最高處建堂，即取詩意名曰「有美堂」。歐陽修曾爲之作〈有美堂記〉，略云：「獨所謂有美堂者，山水登臨之美，人物邑居之繁，一寓目而盡得之。蓋錢塘兼有天下之美，而斯堂者，又盡得錢塘之美焉。」

湖山二句：謂有美堂上所見東南一帶的湖光山色確實很美，一望無際，千里遼闊景觀盡入眼底。信，誠然、確實。彌，遍、滿也。

使君：漢代稱郡守爲使君，後用作州郡長官之尊稱。宋代之知州職責相當於漢之郡守，故以爲稱。此指陳襄。

便使：即便，即使。

沙河塘：在杭州城南，通錢塘江，宋時爲杭州熱鬧繁華地區，歌館、書場多集於此。

水調：曲調名。傳說隋煬帝楊廣開鑿大運河曾作〈水調〉，後發展爲宮廷大曲（由若干樂段組成的大型樂曲）。杜牧〈揚州〉詩：「誰家唱水調，明月滿揚州。」自注：「煬帝鑿汴渠成，自造〈水調〉。」郭茂倩《樂府詩集》卷七九〈近代曲辭．水調〉：「《樂苑》曰：『〈水調〉，商調曲也。』舊說，〈水調〉、〈河傳〉，隋煬帝幸江都時所制。曲成奏之，聲韻怨切。」按：此指〈水調歌頭〉。東坡〈南歌子〉：「誰家水調唱歌頭。」所謂「歌頭」，是大曲組成樂段「散序、中序、破」三部分之「中序」的第一支曲。

夜闌：夜深。闌，盡也。

琉璃：即玻璃。這裡用以形容在明月照耀下的平靜江面，如碧綠色的玻璃，澄澈晶瑩。梁簡文帝〈西齋行馬詩〉：「雲開瑪瑙葉，水淨琉璃波。」李涉〈題水月臺〉：「水似晴天天似水，兩重星點碧琉璃。」歐陽修〈采桑子〉：「無風水面琉璃滑，不覺船移。」

（二）送別思鄉

昭君怨　金山送柳子玉

誰作桓伊三弄，驚破綠窗幽夢。新月與愁煙，滿江天。　欲去又還不去，明日落花飛絮。飛絮送行舟，水東流。

熙寧七年正月，東坡到潤州，留月餘方離去。柳瑾（字子玉）往監舒州（安徽灊山）靈仙觀，與東坡相遇於京口。二月，東坡在金山送別子玉，作此詞以贈。

金山：在江蘇鎮江西北。古有伏牛、浮玉等名，相傳唐時裴頭陀開山得金，因名金山。宋時爲長江中島嶼，現已與長江南岸相連。

柳子玉：名瑾，丹徒（江蘇鎮江）人。慶曆二年（一〇四二）進士，與王安石同年。其子仲遠乃東坡堂妹婿。

桓伊三弄：桓伊，東晉人，字叔夏，小名子野，善吹笛。《世說新語·任誕》載：「王子猷（徽之）出都，尚在渚下。舊聞桓子野善吹笛，而不相識。遇桓於岸上過，王在船中，客有識之者，云是桓子野。王便令人與相聞云：『聞君善吹笛，試爲我一奏。』桓時已貴顯，素聞王名，即便回下車，踞胡床，爲作三調。弄畢，便上車去，客主不交一言。」三弄，指一曲演奏三遍，也指演奏三支曲子。此處以「桓伊三弄」代指笛聲。

綠窗：碧紗窗。

新月句：惟見新月與江上煙霧，皆瀰漫著別離愁緒。俞平伯《唐宋詞選釋》云：「客將遠行，故如此說。張繼〈楓橋夜泊〉：『月落烏啼霜滿天，江楓漁火對愁眠。』」

欲去二句：擬想明日好友欲去又不忍離去，但終究不得不走的心境。此乃對面寫情。並借春花散落、柳絮飄綿之景象，以渲染離愁。

飛絮二句：謂飛絮化入江中相送，伴著行舟，隨水東流。極狀送行者依依之情。似脫胎自李白〈送孟浩然之廣陵〉：「孤帆遠影碧空盡，惟見長江天際流。」

俞平伯《唐宋詞選釋》：「上片平穩。下片首句一頓，以下便順流而下。疊用『飛絮』接上『落花飛絮』句，頂針接麻格，更顯得生動。詩意實是『落花飛絮送行舟』，以為調所限，只用了『飛絮』二字。」

江城子　孤山竹閣送述古

翠蛾羞黛怯人看。掩霜紈，淚偷彈。且盡一尊，收淚唱陽關。謾道帝城天樣遠，天易見，見君難。　畫堂新創近孤山。曲闌干，為誰安。飛絮落花，春色屬明年。欲棹小舟尋舊事，無處問，水連天。

熙寧七年七月作。

孤山竹閣：竹閣在杭州西湖孤山寺內，爲白居易在杭州任刺史時所建，故又稱白公竹閣。《乾道臨安志》卷二：「白公竹閣，在孤山，與柏堂相連，有唐刺史白居易祠堂。」

翠蛾羞黛：指美女的眉目。蛾，指蛾眉。黛，指青黛，女子畫眉顏料。此指酒筵上爲述古送行的歌妓。據田汝成《西湖游覽志餘》卷十六記載：「唐宋間，郡守新到，營妓皆出境而迎。既出，猶得以鱗鴻往返，靦不爲異。蘇子瞻送杭妓往蘇州迎新守〈菩薩蠻〉詞，杭妓往蘇，迓新守楊元素，寄蘇守王規甫云云，又西湖席上代諸妓送陳述古云云，此亦足覘一時之風氣矣。」

霜紈：用白色薄絹製作的扇。紈，細絹。班婕妤〈怨歌行〉：「新裂齊紈素，鮮潔如霜雪。裁爲合歡扇，團團似明月。」

陽關：即陽關曲。又叫陽關三疊，是唐時著名的送別歌曲。以王維〈送元二使安西〉詩爲歌詞者最爲著名，有人將其分三疊反覆疊唱。詳見東坡徐州作〈陽關曲〉附錄。

謾道：徒然說道，指所說的話太隨意了，體認不足。在此乃指「帝城天樣遠」這樣的話，是不夠眞確的體認，因此才有「天易見，見君難」之語。謾，空、徒，通「漫」。

帝城：陳襄將赴應天府（河南商丘）任，應天府爲北宋南都，故以帝城稱之。按：北宋時帝城有四處：東京，汴州城，曰開封府；西京，洛陽，曰河南府；南京，商丘，又稱宋城，曰應天府；北京，大名，曰大名府。

天易見二句：化用晉明帝「舉目見日，不見長安」語，極言此別以後便很難再與述古見面。《世說新語．夙惠》：「晉明帝數歲，坐元帝膝上。有人從長安來，元帝問洛下消息，潸然流涕。明帝問何以致泣，具以東渡意告之。因問明帝：『汝意謂長安何如日遠？』答曰：『日遠。不聞人從日邊來，居然可知。』元帝異之。明日，集群臣宴會，告以此意，更重問之。乃答曰：『日近。』元帝失色，曰：『爾何故異昨日之言邪？』答曰：『舉目見日，不見長安。』」

畫堂：孤山寺內與竹閣相連的柏堂。東坡詩〈孤山二詠並引〉：「孤山有陳時柏二株。其一爲人所薪，山下老人自爲兒已見其枯矣，然堅悍如金石，愈於未枯者。僧志詮作堂於其側，名之曰柏堂。堂與白公居易竹閣相連。」

新創：新建構。

棹：船槳。這裡作動詞用，意爲划船。

菩薩蠻　西湖送述古

秋風湖上蕭蕭雨，使君欲去還留住。今日謾留君，明朝愁殺人。　佳人千點淚，灑向長河水。不用斂雙蛾，路人啼更多。

熙寧七年七月作。

使君：州郡長官之尊稱。此指陳襄。詳〈虞美人・有美堂贈述古〉注。

謾留君：謂欲留而無法留住。謾，徒然，枉自。

長河：指錢塘江。

斂雙蛾：緊皺雙眉。

路人句：謂杭州人民哭送陳襄去任。言外讚美陳襄政績。

南鄉子　送述古

回首亂山橫，不見居人只見城。誰似臨平山上塔，亭亭。迎客西來送客行。　歸路晚風清，一枕初寒夢不成。今夜殘燈斜照處，熒熒。秋雨晴時淚不晴。

熙寧七年七月作。

不見句：歐陽詹〈初發太原．途中寄太原所思〉：「高城已不見，況復城中人。」謂城、人皆不見。此謂見城不見人，稍作變化。居人，另有一說，典出《詩經．鄭風．叔于田》：「叔于田，巷無居人。豈無居人，不如叔也，洵美且仁。」此借以美喻陳襄。

誰似：猶云何似。程垓〈玉漏遲〉：「門外星星柳眼，看誰似當時風月。」

臨平山：山名，在杭州餘杭郡東北五十四里處，上有塔，下臨湖。宋人離別之作，常以此塔作爲送別的標誌。東坡〈次韻杭人裴維甫〉：「餘杭門外葉飛秋，尚記居人挽去舟。一別臨平山上塔，五年雲夢澤南州。」

亭亭：高聳的樣子。

熒熒：形容燈光微弱。

秋雨句：謂下了一整夜的雨，天亮了，雨停了，但淚卻仍還沒有停止。此乃夸飾寫法。

訴衷情　送述古迓元素

錢塘風景古今奇，太守例能詩。先驅負弩何在，心已浙江西。　花盡後，葉飛時，雨淒淒。若為情緒，更問新官，向舊官啼。

熙寧七年作。杭州知州陳襄於是年徙知應天府，楊繪則自應天府調知杭州，此詞當作於述古將行而未行、元素將到而未到之初秋七月中。

元素：楊繪，字元素，四川綿竹人。神宗朝爲御史中丞，因反對新法，出知亳州，歷應天府，熙寧七年接替陳襄知杭州。

太守句：謂派往杭州的長官照例都能寫詩。傅幹《注坡詞》：「白樂天爲杭州太守，以詩名。初，樂天爲蘇守，劉禹錫以詩寄樂天云：『蘇州太守（當作「刺史」）例能詩，西掖吟（當作「令」）來替左司。』」

先驅二句：謂杭州官員已到錢塘江西去迎接元素。按：楊元素從南都（河南商丘）來守杭。浙江，錢塘江。先驅負弩，背著弓箭走在前頭開道，表示對長官的尊敬，古時下級迎接上級的隆重禮節。《史記・司馬相如傳》：「（相如）至蜀，蜀太守以下郊迎，縣令負弩矢先驅，蜀人以爲寵。」弩，用機械發射的弓。

若爲情緒：何以爲情，即難以爲情也。

新官、舊官：孟棨《本事詩・情感第一》：「陳太子舍人徐德言之妻，後主叔寶之妹，封樂昌公主，才色冠絕。時陳政方亂，德言知不相保，謂其妻曰：『以君之才容，國亡必入權豪之家，斯永絕矣。儻情緣未斷，猶冀相見，宜有以信之。』乃破一鏡，各執其半。約曰：『他日必以正月望日賣於都市，我當在，即以是日訪之。』及陳亡，其妻果入越公楊素之家，寵嬖殊厚。德言流離辛苦，僅能至京，遂以正月望日訪於都市。有蒼頭賣半鏡者，大高其價，人皆笑之。德言直引至其居，設食，具言其故，出半鏡以合之。乃題詩曰：『鏡與人俱去，鏡歸人不歸。無復嫦娥影，空留明月輝。』陳氏得詩，涕泣不食。素知之，愴然改容。即召德言，還其妻，仍厚遺之。聞者無不感歎。仍與德言、陳氏偕飲，令陳氏爲詩，曰：『今日何遷次，新官對舊官。笑啼俱不敢，方驗作人難。』遂與德言歸江南，竟以終老。」按：新官，指後夫隋越國公楊素；舊官，指前夫陳太子舍人徐德言。此處乃翻用陳氏詩句，表達同時送別「舊官」述古和迎接「新官」元素的心情，既爲述古之離去而悲，又爲元素之到來而喜，如此複雜的情緒，眞令人啼笑兩難。

浣溪沙　自杭移密守，席上別楊元素，時重陽前一日。

縹緲危樓紫翠間。良辰樂事古難全。感時懷舊獨淒然。　璧月瓊枝空夜夜，菊花人貌自年年。不知來歲與誰看。

熙寧七年九月重陽前一日作。

縹緲句：謂宴別之樓臺在紫色霧氣、翠綠山色間，顯得高遠隱忽而不明。危樓，高樓。

良辰樂事：謝靈運〈擬魏太子鄴中集詩八首並序〉：「天下良辰、美景、賞心、樂事，四者難並。今昆弟友朋，二三諸彥，備盡之矣。」東坡詩〈次韻楊褒早春〉：「良辰樂事古難並。」

璧月三句：意謂別後，璧月、瓊枝、菊花、佳人，自然一切依舊，但是不知明年給誰看呢？那麼，璧月、瓊枝，只好夜夜空明；菊花、佳人，只好年年自美了。按：古時重陽有頭插花以避邪的習俗。傅幹《注坡詞》：「戎昱詩：『菊花一歲歲相似，人貌一年年不同』。」劉希夷〈代悲白頭翁〉：「年年歲歲花相似，歲歲年年人不同。」看，此處讀平聲。

南鄉子　和楊元素，時移守密州。

東武望餘杭，雲海天涯兩渺茫。何日功成名遂了，還鄉。醉笑陪公三萬場。　不用訴離觴，痛飲從來別有腸。今夜送歸燈火冷，河塘。墮淚羊公卻姓楊。

東坡於熙寧四年通判杭州，七年五月詔下改知密州，九月離杭赴密。蘇轍〈超然臺賦序〉：「子瞻既通守餘杭，三年不得代，以轍之在濟南也，求爲東州守。」此詞應作於熙寧七年九月離杭前。

東武：今山東諸城，宋代密州治所，爲漢代琅玡郡東武縣。隋開皇十八年改爲諸城縣。此用舊稱指密州。

餘杭：指杭州。隋置杭州始治餘杭，尋移治錢塘，改曰餘杭郡。唐置杭州，又改餘杭郡。北宋爲杭州餘杭郡。

功成名遂：即取得功名成就。《老子》：「功成名遂身退，天之道。」

還鄉：東坡與元素同爲蜀人，故言還鄉相見。

醉笑句：言日日陪公醉飲。三萬場，謂人生百年有三萬六千日，一日一醉，得三萬六千場。此舉其成數言。李白〈襄陽歌〉：「百年三萬六千日，一日須傾三百杯。」

不用訴離觴：謂離筵上不要推辭飲酒。訴，辭酒之義。按：韋莊有〈離筵訴酒〉詩，張相《詩詞曲語辭匯釋》云：「訴酒者，辭酒也。又〈菩薩蠻〉詞：『須愁春漏短，莫訴金盃滿。』」離觴，餞別之酒。觴，酒杯，代指酒。

痛飲：暢飲、盡情的喝酒。劉義慶《世說新語・任誕》：「王孝伯（恭）言：『名士不必須奇才，但使常得無事，痛飲酒，熟讀〈離騷〉，便可稱名士。』」杜甫〈贈李白〉：「痛飲狂歌空度日，飛揚跋扈爲誰雄。」

別有腸：《五國故事》記南閩王王延羲與群臣飲，皆退，惟翰林學士周維岳在座。延羲問左右：「維岳身軀甚小，而能飲如許酒？」左右對曰：「臣聞酒有別腸，非可以肌體而論之。」此處借指別有心情。

河塘：即沙河塘。

墮淚句：羊公，即羊祜，西晉人。爲人忠厚，勤於公事。晉武帝欲滅吳，以祜爲都督荊州諸軍事，駐襄陽（今屬湖北）。愛遊峴山。羊公有政聲，卒後，「襄陽百姓於峴山祜平生遊憩之所建碑立廟，歲時饗祭焉。望其碑者莫不流涕，杜預因名墮淚碑。」（見《晉書・羊祜傳》）此句以襄陽人民所懷念而爲之墮淚的羊祜之「羊」與楊繪之「楊」同音，戲讚楊繪深得民心，其離任後，杭州人民應懷念不已。

少年遊　潤州作，代人寄遠。

去年相送，餘杭門外，飛雪似楊花。今年春盡，楊花似雪，猶不見還家。　對酒捲簾邀明月，風露透窗紗。恰似姮娥憐雙燕，分明照，畫梁斜。

熙寧七年作於潤州。

潤州：轄境相當今江蘇鎮江市、丹徒、丹陽、句容、金壇等地，治所在丹徒。

代人寄遠：古代女子寄詩給在外的丈夫，叫做寄遠。所謂代人，或是託辭，乃寫作者行役未歸之感也。王文誥《蘇詩總案》卷十一：「公以去年十一月發臨平，及是春盡，猶行役未歸，故託爲此詞耳。」按：傳統詩歌有代擬述情的表現手法，杜甫〈月夜〉詩可作代表：「今夜鄜州月，閨中只獨看。遙憐小兒女，未解憶長安。香霧雲鬟溼，清輝玉臂寒。何時倚虛幌，雙照淚痕乾。」

餘杭門：宋時杭州城北面有三門，其一稱餘杭門。吳自牧《夢粱錄》卷七：「城北門者三：曰天宗水門，曰餘杭水門，曰餘杭門。」

上片句意：或謂東坡係仿用《詩經・小雅・采薇》篇中「昔我往矣，楊柳依依；今我來思，雨雪霏霏」之對比，但用意不同。按：此段今昔對照之手法，疑出自范雲、何遜〈范廣州宅聯句〉：「洛陽城東西，長作經年別。昔去雪如花，今來花似雪。」楊花，即柳絮。

對酒句：李白〈月下獨酌〉：「舉杯邀明月，對影成三人。」

恰似三句：李白因寂寞而邀月作伴，東坡亦邀月，卻說月光照著屋梁，獨憐雙燕，而不憐該女子，寫孤寂更深一層。姮娥，即嫦娥，此指月亮。畫梁，雕有花紋的屋梁。宋玉〈神女賦序〉：「其始來也，耀乎若白日初出照屋梁。」

醉落魄　離京口作

輕雲微月，二更酒醒船初發。孤城回望蒼煙合。記得歌時，不記歸時節。　巾偏扇墜藤床滑，覺來幽夢無人說。此生飄蕩何時歇。家在西南，常作東南別。

熙寧七年，東坡赴潤、常一帶賑饑。正月，過丹陽到達潤州。除公事外，東坡在這裡盤桓期間探訪了許多友人。至春後，潤州事畢，又轉赴常州。此詞乃作於離京口時。

孤城：指京口。

不記句：東坡此句出自歐陽修〈蝶戀花〉：「宿酒醒來，不記歸時節。」又李白〈魯中都東樓醉起作〉：「昨日東樓醉，還應倒接羅。阿誰扶上馬，不省下樓時。」晏幾道〈蝶戀花〉：「醉別西樓醒不記。」構思亦頗相類。歸時節，指宴罷歸舟時候。

巾偏句：謂頭巾歪了，扇子掉了，藤床感覺特別滑溜。形容在搖晃的行船上醉後入睡的情形。藤床，用藤條編織的床。

家在西南二句：東坡家在四川眉州，而官於杭州，已是遠別故鄉了，而居杭期間，又因事往來於常州、潤州、蘇州等地，遷徙不定，則是別中有別。眉州在西南，杭州在東南，故云。

蝶戀花　京口得鄉書

雨後春容清更麗。只有離人，幽恨終難洗。北固山前三面水，碧瓊梳擁青螺髻。

一紙鄉書來萬里。問我何年，真箇成歸計。回首送春拚一醉，東風吹破千行淚。

熙寧七年春作。

京口：今江蘇鎮江。孫權曾在此建都，後遷建康，改設京口鎮。

北固山：在江蘇鎮江縣北，有南、中、北三個山峰，北峰伸入長江，形勢險要，因稱北固。

碧瓊句：碧瓊，碧玉的梳子，形容江水澄碧。青螺髻，螺狀的髮髻，形容北固山的形狀。此句點明江水環繞北固山的景色，化用晚唐詩人雍陶〈題君山〉：「煙波不動影沉沉，碧色全無翠色深。疑是水仙梳洗處，一螺青黛鏡中心。」又，辛棄疾〈水龍吟〉：「遙岑遠目，獻愁供恨，玉簪螺髻。」亦用女子髮髻喻山。

眞箇：眞的、確實。

歸計：回鄉的打算。

拚一醉：甘願一醉。抒發無奈之情，有不惜醉倒之意。拚，通「拌」。張相《詩詞曲語詞匯釋》：「拌，割捨之辭；亦甘願之辭。」戎昱〈辛苦行〉：「誰家有酒拌一醉，萬事從他江水流。」王沂孫〈水龍吟〉：「把酒花前，剩拚醉了，醒來還醉。」

二、密徐湖時期

宋神宗熙寧七年（一〇七四）—元豐二年（一〇七九），三十九—四十四歲

（一）密州，治所諸城（古稱東武，今山東諸城縣）—熙寧七年秋末離杭，十二月到密州任。熙寧八年（一〇七五）十一月，葺超然臺。熙寧九年（一〇七六）十月，王安石罷判江寧府，弟轍罷齊州掌書記，回京；十一月，蘇軾移知河中府。

（二）徐州，治所彭城（今江蘇徐州市）—熙寧十年（一〇七七）春，出澶濮間，弟轍自京師來迎。抵陳橋驛，改知徐州。四月，偕弟謁張方平於南都；是月到任所。八月，弟別去赴南京。河鈌，徐州困水。蘇軾治水有功。元豐元年（一〇七八），朝廷賜錢米，蘇軾徵民伕築徐州外小城，並起黃樓，八月落成。

〔三〕湖州，治所烏程（今浙江湖州市）。元豐二年（一〇七九）三月，移知湖州；四月到任。七月，御史李定、何正臣等以蘇軾〈湖州謝上表〉及比年詩文語多訕謗，執奏不已，遂逮送臺獄。史稱「烏臺詩案」。八月，下獄。張方平、范鎮飛疏救，弟轍請納在身官贖兄罪，皆不報。十二月，具獄定讞，責授檢校尚書水部員外郎充黃州團練副使本州安置，不得簽書公事。弟轍謫監筠州酒務。是年王安石致仕。

（一）由杭赴密

阮郎歸 一年三過蘇，最後赴密州時，有問「這回來不來？」其色淒然。太守王規父嘉之，令作此詞。

一年三度過蘇臺，清尊長是開。佳人相問苦相猜。這回來不來。　情未盡，老先催。人生真可咍。他年桃李阿誰栽，劉郎雙鬢衰。

熙寧七年十月作於蘇州。

王規父：名誨，神宗熙寧六年以朝散大夫尚書司勳郎中知蘇州。

一年句：王文誥《蘇詩總案》卷一二：「詞云『一年三度』者，自（熙寧）六年十一月計至（熙寧）七年十月，爲一年三度也。」按：熙寧六年十一月，東坡以轉運司檄往常、潤、蘇、秀等州郡賑濟飢民，十二月至蘇州，七年五月末又至，此次（七年十月）爲第三次，故云。蘇臺，即姑蘇臺，在江蘇吳縣西南姑蘇山上，傳爲吳王闔閭或夫差所作，後世遂以代指蘇州。

清尊句：謂每次來蘇州，皆承蒙酒宴招待。清尊，酒杯。

佳人：指宴席上的官妓。

這回句：猶云這一去是否會再來。

咍：嗤笑。屈原《九章・惜誦》：「行不群以巔越兮，又眾兆之所咍。」王逸註：「咍，笑也。楚人謂相啁笑曰咍。」咍，音ㄏㄞ。

他年二句：謂他年再來，恐已老矣。此乃用劉禹錫詩「玄都觀裡桃千樹，盡是劉郎去後栽」句意。據《舊唐書・劉禹錫傳》，唐順宗永貞元年（八〇五年，即德宗貞元二十一年），劉禹錫參加王叔文政治革新失敗後，貶離長安作連州刺史，半途又貶爲朗州司馬。十年後，到了唐憲宗元和十年（八一五年），再被起用，詔至京師。作〈元和十年自朗州至京戲贈看花諸君子〉詩：「紫陌紅塵拂面來，無人不道看花回。玄都觀裡桃千樹，盡是劉郎去後栽。」劉郎，指劉禹錫，此處乃作者自喻。

醉落魄　蘇州閶門留別

蒼顏華髮，故山歸計何時決。舊交新貴音書絕，惟有佳人，猶作殷勤別。　離亭欲去歌聲咽，瀟瀟細雨涼吹頰。淚珠不用羅巾裛，彈在羅衫，圖得見時說。

熙寧七年十月途經蘇州時作。

閶門：蘇州城西門，又名閶闔門。

故山：故鄉，指四川眉山。

蒼顏句：蒼老的容顏，花白的頭髮。形容老態畢現。

舊交句：言困阨之時，新貴雖爲舊交，卻不相往來，書信已斷絕。《史記・汲鄭列傳》：「一死一生，乃知交情；一貧一富，乃知交態；一貴一賤，交情乃見。」皆言世態炎涼，人情冷暖。杜甫〈狂夫〉：「厚祿故人書斷絕。」

離亭：指路邊驛亭，古人常在此餞別，故稱。

淚珠三句：勸佳人不要用羅巾拭淚，任淚水灑滿衣衫，等待再次相會時，重話舊情，以此作爲相知貴心的見證。裛，沾溼，此作揩拭解。武則天〈如意娘〉：「不信比來長下淚，開箱驗取石榴裙。」蓋以留下淚痕作爲他日情感見證。

醉落魄　席上呈楊元素

分攜如昨，人生到處萍飄泊。偶然相聚還離索。多病多愁，須信從來錯。　尊前一笑休辭卻，天涯同是傷淪落。故山猶負平生約。西望峨嵋，長羨歸飛鶴。

熙寧七年十月作於潤州。按：傅藻《東坡紀年錄》：「熙寧七年甲寅，離京口呈元素，作〈醉落魄〉。」蓋東坡赴密州任，楊繪還朝，同行至京口而別，作此詞。

分攜：猶分手、分別。

萍飄泊：浮萍無根，隨波逐流，喻人生飄泊不定。傅幹《注坡詞》：「萍無根，逐流而已，豈復有定居？杜子美：『浩蕩逐浮萍。』」

離索：離群索居，言離開同伴而獨處。《禮記．檀弓》：「子夏謂曾子曰：『吾過矣，吾離群而索居，亦已久矣。』」此處則是強調短暫的相聚之後，很快的又各自分散，孤獨無伴。

尊前句：意即不要在筵席上推辭飲酒，放懷一笑。晏殊〈浣溪沙〉：「酒筵歌席莫辭頻。」

天涯句：白居易〈琵琶行〉：「同是天涯淪落人，相逢何必曾相識。」淪落，飄泊流離。

故山句：意謂辜負了歸隱故鄉的約定。白居易〈寄王質夫〉：「因話出處心，心期老巖壑。……去處雖不同，同負平生約。」

峨嵋：今四川峨嵋山。代指東坡與元素的家鄉，東坡是四川眉州人，元素是四川綿竹人。

歸飛鶴：飛回故里之鶴。舊題陶潛《搜神後記》卷一：「丁令威，本爲遼東人，學道於靈虛山。

後化鶴歸遼，集城門華表柱。」杜甫〈卜居〉：「歸羨遼東鶴。」韓漑〈詠鶴〉：「王孫若問歸飛處，萬里秋風是故鄉。」蓋丁令威學道成，還能化鶴歸鄉，東坡與元素同是蜀人卻不能回蜀，故有「西望峨嵋，長羨歸飛鶴」之嘆。

采桑子　潤州多景樓與孫巨源相遇

多情多感仍多病，多景樓中。尊酒相逢，樂事回頭一笑空。　停杯且聽琵琶語，細撚輕攏。醉臉春融，斜照江天一抹紅。

熙寧七年仲冬作於潤州。《本事集》云：「潤州甘露寺多景樓，天下之殊景。甲寅仲冬，蘇子瞻、孫巨源、王正仲參會於此。有胡琴者，姿色尤好。三公皆一時英秀，景之秀，妓之妙，眞爲希遇。飲闌，巨源請於子瞻曰：『殘霞晚照，非奇才不盡。』子瞻作此詞。」按：多景樓，在今江蘇鎮江北固山甘露寺內，寺爲唐李德裕建，時甘露降此山，因以名之。甲寅，即宋神宗熙寧七年。孫巨源，名洙，揚州人，未冠擢進士。在諫院時因不贊同王安石新法，自請補外，任海州知州，是年秋離任返京，任修起居注、知制誥。王正仲，名存，潤州丹陽人，慶曆六年進士，曾官國子監直講，史館檢討，知太常禮院，元豐中遷龍圖閣學士，知開封府。孫洙於本年離海州先歸揚州老家，揚州與潤州乃一水之隔，相距不遠，故於此時能與東坡於潤州相會。而王存是時以事至家，故亦能參與此會。三公，乃指孫洙、王存和東坡。

尊酒句：韓愈〈贈鄭兵曹〉：「尊酒相逢十載前，君為壯夫我少年。尊酒相逢十載後，我為壯夫君白首。」

琵琶語：此指席上歌妓所彈奏的琵琶樂音。白居易〈琵琶行〉：「今夜聞君琵琶語，如聽仙樂耳暫明。」

細撚輕攏：撚，以指揉絃。攏，以指扣絃。兩種為彈奏琵琶的左手指法。白居易〈琵琶行〉：「輕攏慢撚抹復挑。」

醉臉春融：形容歌女酒後面容如春天般溫潤和暖。白居易〈長恨歌〉：「玉樓宴罷醉和春。」

陳世焜（陳廷焯別名）《雲韶集》卷二：「語亦別緻，詩情畫景。只此七字（指「斜照江天一抹紅」句），便寫出晚江景色來。」

附錄：東坡〈與李公擇十一首〉之四：「某已到揚州，此行天幸，既得李端叔與老兄，又途中與完夫、正仲、巨源相會，所至輒作數劇飲笑樂。人生如此有幾，未知他日能復繼此否？乍爾暌違，臨紙於邑。」

永遇樂

孫巨源以八月十五日離海州，坐別於景疏樓上。既而與余會於潤州，至楚州乃別。余以十一月十五日至海州，與太守會於景疏樓上。作此詞以寄巨源。

長憶別時，景疏樓上，明月如水。美酒清歌，留連不住，月隨人千里。別來三度，孤光又滿，冷落共誰同醉。捲珠簾，淒然顧影，共伊到明無寐。　今朝有客，來從濉上，能道使君深意。憑仗清淮，分明到海，中有相思淚。而今何在，西垣清禁，夜永露華侵被。此時看，回廊曉月，也應暗記。

熙寧七年秋，東坡由杭赴密北上，好友孫巨源也將由海州內調回朝任新職。回京之前，巨源先回揚州老家。揚、潤一水之隔。十月間，東坡走到潤州，遂與巨源相遇，同遊多景樓、甘露寺等地，作詩填詞，暢談甚歡。二人一道離開潤州，到楚州才分手。東坡赴密，故離開大運河，往東經漣水，北折路過海州；而巨源還朝，則西入洪澤湖，轉淮河水系以赴京師。十一月十五日，東坡到達海州，與新任知州陳某相會於景疏樓，想起三個月前孫巨源在此處告別，一時思念不已，遂賦詞相贈。

孫巨源：孫洙，字巨源，揚州人。未冠舉進士。熙寧初，因反對王安石新法，請求外任，知海州。熙寧七年秋離任返京，任修起居注（記錄皇帝日常言行）、知制誥（掌起草詔令）。

海州：古屬東海郡，今江蘇連雲港。

景疏樓：在海州東北，宋人葉祖洽爲景仰西漢東海人疏廣、疏受叔姪的賢德而建。按：西漢疏廣、疏受，仕爲太子太傅、少傅，乞骸骨退歸鄉里，時人高其節。事詳《漢書》卷七十一〈疏廣疏受傳〉。

楚州：今江蘇淮安。

太守：此稱當時海州知州，姓陳，名失考，東坡有〈次韻陳海州乘槎亭詩〉、〈次韻陳海州書懷〉。

長憶六句：懸想孫洙三個月前的八月十五，在景疏樓上宴別時的情景。當天喝著美酒，唱著清歌，巨源想必不願離去，卻也無法留下，月亮就這樣跟隨著他到千里之外的京師去了。

別來三度：謂孫洙自八月別海州後已三度月圓。朱祖謀《東坡樂府》注云：「詞中『別來三度』，乃謂巨源之別海州，歷九月、十月，至公至之十一月十五日，恰爲三度。」

伊：第三人稱代詞。指月亮。

今朝三句：指有客從孫洙處來，深致巨源相思存問之意。濉，指濉水，宋時自河南經安徽，入江蘇蕭縣流入泗水。濉上，猶言汴京方向。使君，常用以稱呼太守，此指孫洙。

憑仗三句：濉水經安徽入江蘇流入泗水，再流入淮河而匯入大海。東坡此時身居東海之側，所以想像孫巨源的相思之淚由濉水借淮水經大海流到自己身邊。憑仗，憑藉、依靠。清淮，指淮河。

西垣：中央行政官署中書省的別稱。唐以中書省稱西臺，以別於門下省之稱東臺、御史臺之稱南臺。西臺也稱西掖、西垣。宋沿唐制，這些名稱也照舊。

清禁：指皇宮。皇宮幽深肅靜，警戒森嚴，所以稱清禁。孫巨源任修起居注、知制誥，屬中書省，在宮中辦公，故云。劉禎〈贈徐幹〉：「誰謂相去遠，隔此西掖垣。拘限清切禁，中情無由宣。」

夜永句：謂夜深時露水沾溼了被子。永，長也。露華，即露氣、露珠。

此時看三句：設想孫巨源在宮中望月懷想自己。亦對面寫情手法。

馮振《詩詞雜話》：「（東坡詞）云：『憑仗清淮，分明到海，中有相思淚。』又云：『回首彭城，清泗與淮通。欲寄相思千點淚，流不到，楚江東。』正反兩用，要從杜老『故憑錦水將雙淚，好過瞿塘灩澦堆』來也。」

俞陛雲《唐五代兩宋詞選釋》：「觀『清淮』、『到海』三句，知與巨源交誼之深，更憶及『西垣清禁』，同此月明，撫今追昔，不盡低回。言為心聲，知公天性之厚也。」

沁園春　赴密州，早行，馬上寄子由。

孤館燈青，野店雞號，旅枕夢殘。漸月華收練，晨霜耿耿；雲山摛錦，朝露團團。世路無窮，勞生有限，似此區區長鮮歡。微吟罷，憑征鞍無語，往事千端。當時共客長安，似二陸、初來俱少年。有筆頭千字，胸中萬卷，致君堯舜，此事何難。用舍由時，行藏在我，袖手何妨閒處看。身長健，但優游卒歲，且鬥尊前。

熙寧七年十一月下旬，東坡打算繞道先去齊州（山東濟南）探望久別的弟弟子由（蘇轍時在齊州掌書記），再赴新任所密州（山東諸城）。但因河道凍合，未能如願，只得由海州北上，直接前往密州。途中作此詞以寄子由。

燈青：指油燈光色青熒。

雞號：指晨雞啼叫。溫庭筠〈商山早行〉：「雞聲茅店月，人跡板橋霜。」

夢殘：言夢未完而醒。劉駕〈早行〉：「馬上續殘夢，馬嘶時復驚。」

月華收練：月色漸漸收起皎潔的光芒。練，柔軟潔白的絲絹，這裡形容皎潔的月色。

耿耿：微明貌。

雲山摛錦：雲彩繚繞的山色就像舒展開的織錦一樣。摛，鋪展。

團團：同漙漙，形容露水甚多。

世路三句：謂人生道路經歷不盡，而勞苦的一生卻是短促的，像這樣以短暫的生命奔波在走不完的世途上，自是備感辛苦而少歡樂。區區，辛苦之義。杜甫〈贈王二十四侍御契四十韻〉：「區區甘累趼，稍稍息勞筋。」伍喬〈林居喜崔三博遠至〉：「幾日區區在遠程，晚煙林徑喜相迎。」鮮歡，寡歡。鮮，少也。

征鞍：猶征馬，指旅行者所乘的馬。

長安：以唐朝京城長安借指北宋都城汴京。

二陸句：晉陸機、陸雲兄弟，頗有才名。二人由吳中到晉都洛陽，爲名學者張華器重，人稱「二陸」。時陸機年二十，陸雲年十六。蘇軾蘇轍兄弟於嘉祐元年（一〇五六）初到汴京應試時，東坡二十一歲，子由十八歲，不僅與二陸入洛年齡相當，且東坡與子由在汴京受知於歐陽修，少年聲望，亦略似二陸。東坡〈次韻劉貢父叔姪扈駕〉：「時因議事得聯名，機雲似我多遺俗。」知其屢以二陸自比。

有筆頭四句：說兄弟兩人皆博學能文，並有輔君濟世的崇高理想。化用杜甫〈奉贈韋左丞丈二十二韻〉：「讀書破萬卷，下筆如有神。」「致君堯舜上，再使風俗淳。」以表達當時才學抱負。筆頭千字，謂落筆成章，行文快捷。胸中萬卷，謂學識淵博。致君堯舜，謂得到君王重用。致君，輔佐國君，使成聖明之主。堯舜，唐堯和虞舜，傳說爲上古部落首領，後人奉爲聖明的君主。

用舍二句：謂被任用與否由時勢安排，出仕不出仕則由自己決定。《論語·述而》：「用之則行，舍之則藏，惟我與爾有是夫！」

袖手：將手插在袖中，表示無所作爲或不參預其事。

優游卒歲：逍遙自在地度日。優游，悠閒自得，也作「優遊」。卒歲，度過此年。《左傳·襄公二十一年》引逸詩：「優哉游哉，聊以卒歲。」

且鬥尊前：且在酒筵上取樂。鬥，喜樂戲耍之辭。化用杜甫〈絕句漫興〉：「莫思身外無窮事，且盡生前有限杯。」及牛僧孺〈席上贈劉夢得〉：「休論世上升沉事，且鬥尊前見在身。」

（二）密州時期

蝶戀花　密州上元

燈火錢塘三五夜。明月如霜，照見人如畫。帳底吹笙香吐麝，更無一點塵隨馬。
寂寞山城人老也。擊鼓吹簫，卻入農桑社。火冷燈稀霜露下，昏昏雪意雲垂野。

熙寧八年（一〇七五），東坡任密州知州，正月十五日作此詞。

上元：農曆正月十五日爲上元節，又稱元宵節。

三五：十五，指正月十五日。

香吐麝：香爐裡散發著麝香的氣味。麝，一種有獠無角的野獸，也叫香獐子，雄的臍部有香腺，能分泌麝香，可用其做香料或藥材。王建〈宮詞〉：「沉香火底坐吹笙。」

更無句：寫街道清潔，言江南氣候清潤。反用蘇味道〈正月十五夜〉：「暗塵隨馬去，明月逐人來」句意。

擊鼓吹簫：打鼓吹簫，寫社祭求豐年活動。《周禮》卷三〈地官司徒・鼓人〉：「以靈鼓鼓社祭。」

山城：指密州治所的諸城縣。

農桑社：農家節日賽神祭社的場所。社，祭土神的所在，後來演化爲土地祠。

江城子　乙卯正月二十日夜記夢

十年生死兩茫茫。不思量，自難忘。千里孤墳，無處話淒涼。縱使相逢應不識，塵滿面，鬢如霜。　夜來幽夢忽還鄉。小軒窗，正梳妝。相顧無言，惟有淚千行。料得年年腸斷處，明月夜，短松岡。

熙寧八年（一〇七五）作於密州，東坡時年四十歲。王弗是東坡的第一任妻子，眉州青神人，鄉貢進士王方的女兒，少東坡三歲，十六歲時嫁給東坡。她頗知書，能記誦，性情敏而靜，嫁入蘇家後，侍奉翁姑恭謹。婚後二年，東坡隨父進京考試，王弗留在家鄉侍奉婆婆。次年，程夫人去世，東坡奔喪回家。母喪期滿，東坡兄弟隨父返京，王弗和子由妻史氏也隨行。王弗精明幹練，明白事理，她尊敬東坡，也欣賞他的才華，但卻也擔心他心直口快，太容易相信人。東坡在鳳翔當簽判時，每有客人來訪，王弗總是站在屏風後傾聽他們的談話，如發現說話模稜或刻意逢迎的客人，她就會勸東坡疏遠他們，東坡非常佩服妻子的識見與眼光。然而，這樣恩愛的日子卻維持不了幾年。英宗治平二年（一〇六五）五月，東坡還京才三個月，王弗在京師病逝，享年二十七歲，留下一個兒子邁。東坡在悲痛中，暫時將她安厝在汴京城西。次年蘇洵逝世，東坡兄弟護父喪還鄉，同時亦將王弗歸葬眉山。服除，東坡續娶王弗堂妹閏之爲妻。十年後，東坡到密州不久，正月二十日晚上夢見前妻，醒來後寫下了這首悼亡詞。

乙卯：即熙寧八年。

十年句：十年來，生死隔絕，彼此都不知對方的情況。按：東坡妻王弗卒於宋英宗治平二年（一〇六五）五月二十八日，年二十七，至此時正是十年。兩茫茫，謂彼此幽明相隔，互不相知，渺無音訊。茫茫，不明貌。杜甫〈哀江頭〉：「去住彼此無消息。」句意略同。

不思量、自難忘：不用刻意去思念，自是無法忘懷。量、忘二字，皆屬陽平，讀第二聲。

千里孤墳：指王弗墓地。王氏病逝的第二年，遷葬於眉山東北彭山縣安鎮鄉可龍里蘇洵及其妻墓之西北八步，距密州遙遠，故云千里。

塵滿面兩句：風塵滿面，兩鬢已經白如秋霜。自傷奔走勞碌和衰老。白居易〈東南行一百韻〉：

「相逢應不識，滿頷白髭鬚。」

小軒窗：指小室的窗前。小軒，有窗檻的小屋，此指夢中王弗之臥室。

料得：料想，想來。

短松岡：種滿矮松的山岡。承前「千里孤墳」，指王弗墓地。

唐圭璋《唐宋詞簡釋》：「此首為公悼亡之作。真情鬱勃，句句沉痛，而音響淒厲，誠後山（陳師道）所謂『有聲當徹天，有淚當徹泉』也。起言死別之久。『千里』兩句，言相隔之遠。『縱使』二句，設想相逢不識之狀。下片，忽折到夢境，軒窗梳妝，猶是十年以前景象。『相顧』兩句，寫相逢之悲，與起句『生死兩茫茫』相應。『料得』兩句，結出腸斷之意。『明月』、『松岡』，即『千里孤墳』之所在也。」

雨中花慢

初到密州，以累年旱蝗，齋素累月。方春牡丹盛開，不獲一賞。至九月，忽開千葉一朵。雨中特為置酒，遂作。

今歲花時深院，盡日東風，輕颺茶煙。但有綠苔芳草，柳絮榆錢。聞道城西，長廊古寺，甲第名園。有國艷帶酒，天香染袂，為我留連。　清明過了，殘紅無處，對此淚灑尊前。秋向晚、一枝何事，向我依然。高會聊追短景，清商不假餘妍。不如留取，十分春態，付與明年。

此詞作於熙寧八年九月。據序文所說，東坡剛到密州不久，因此地年來屢遭旱蝗天災，民生多受影響，他在熙寧八年春天時特地齋戒數月，遠離詩酒歌舞、出遊玩賞的生活，希望以莊重虔敬之心打動神明，爲下民祈福。而這段齋素期正逢春末牡丹盛開之時，因此他就不能參與賞花盛會，無緣一睹牡丹芳姿。不料九月入秋，竟於綠葉叢中發現一朵牡丹開放，東坡大爲驚喜，於是在秋雨中特意置酒賞花，並寫下這首〈雨中花慢〉。

輕颺茶煙：用杜牧〈題禪院〉：「今日鬢絲禪榻畔，茶煙輕颺落花風」句意，寫齋素生活，只能在庭院中烹茶。颺，風吹飄起，《說文解字・風部》：「颺，風所飛揚也。」

榆錢：即榆莢。《本草綱目・木部》：「榆白者名枌，其木甚高大。未生葉時枝條間先生榆莢，形狀似錢而小，色白成串，俗呼榆錢。」

長廊古寺：蓋即密州之南禪寺、資福寺。

甲第名園：豪門宅第之著名園林。此指城北蘇氏園，此園原是後周宰相蘇禹珪別墅所在地，花卉繁盛。

國艷二句：牡丹有「花王」之稱，是唐宋時最名貴的賞玩植物，號稱國色天香。語本唐李正封詩：「國色朝酣酒，天香夜染衣。」「國艷帶酒」指緋紅色牡丹，今名「醉貴妃」。「天香染袂」指貢黃色牡丹，今名「御袍黃」。

高會句：言應當置酒高會，欣賞牡丹，抓住這即將逝去的短暫時光。高會，盛會。追，不放過，留住。短景，短暫的時光，指花期。

清商：秋風也。潘岳〈悼亡詩〉：「清商應秋至。」李善注：「秋風爲商。」商，古代五聲之一。古代以宮商角徵羽五聲與金木水火土五行相配，商爲金；與春夏秋冬四時相配，商爲秋。此取商爲秋意。

不假餘妍：謂秋風不因牡丹難得在秋日開花而稍予寬貸，讓花期長一點。

不如三句：言不如且留著春容，等待來年再開放。留取，留存也。

江城子　密州出獵

老夫聊發少年狂。左牽黃，右擎蒼。錦帽貂裘，千騎卷平岡。為報傾城隨太守，親射虎，看孫郎。　酒酣胸膽尚開張。鬢微霜，又何妨。持節雲中，何日遣馮唐。會挽雕弓如滿月，西北望，射天狼。

熙寧八年十月作於密州。東坡曾因旱災去常山祈雨，後果得雨，再往常山祭謝。歸途中與同官梅戶曹會獵於鐵溝。東坡另有〈祭常山回小獵〉詩。

老夫：古人四十而稱老，東坡是年正好四十歲，故以「老夫」自稱。

左牽黃二句：左手牽黃狗，右臂擎蒼鷹。《梁書·張充傳》：「值充出獵，左手臂鷹，右手牽狗。」黃，黃狗。蒼，蒼鷹。兩者皆用以追捕獵物。

錦帽貂裘：頭戴錦蒙帽，身穿貂鼠裘。漢代羽林軍著錦衣貂裘，這裡用以形容東坡和隨從打獵時所穿的戎裝。錦帽，錦蒙帽。貂裘，貂鼠裘。

千騎句：謂出獵的隨從人馬席捲平緩遼闊的山巒。千騎，暗示知州身分，因古代「諸侯千乘」，知州略等於諸侯。卷，席捲，形容圍獵的人馬浩浩蕩蕩經過。平岡，平坦的山岡。參看〈祭常山回小獵〉：「青蓋前頭點皂旗，黃茅岡下出長圍。」

爲報句：報，有兩說：一、報答，爲了報答全城百姓跟隨太守觀看打獵的盛意；二、報說，聽到報說全城人皆跟隨來看太守射虎。兩說均可通。傾城，全城的人。

孫郎：指孫權。《三國志・吳志・吳主傳》：「（建安）二十三年十月，權將如吳，親乘馬射虎於庱庭（亭）（江蘇丹陽東）。」東坡此句係以孫權自比。

酒酣：酒喝得暢快，興致正濃。

胸膽句：胸懷更開闊，膽氣極豪。尙，更加。

持節：帶著傳達命令的符節。節，符節，古代使者所持以作憑信。

雲中：漢郡名，今內蒙古托克托東北。

馮唐：漢文帝時郎官。《史記・張釋之馮唐列傳》記載，漢文帝時魏尙爲雲中太守，抵禦匈奴，頗有戰功，卻因上報戰果數字有出入，獲罪削職。馮唐向文帝勸諫，文帝便指派馮唐持節去赦免魏尙的罪，仍舊使魏尙擔任雲中守，而拜馮唐爲車騎都尉。按：東坡乃以馮唐自比，喻老而能用也。俞平伯《唐宋詞選釋》：「這裡蓋以馮唐自比，兼採左思〈詠史〉『馮公豈不偉，白首不見招』及王勃〈滕王閣序〉所謂『馮唐易老』等意，承『鬢微霜，又何妨』來，亦即上文所謂『老夫』。其實作者年方四十。馮唐在武帝時，年九十不能爲官，亦見本傳，他在文帝朝，持節赦免魏尚時，也並不太老，用在這裡似乎不太合適。但詞人遣詞每不拘。古代文士又有歎老嗟卑的習氣，年未半百則已稱老。……近來注家，或釋本句爲作者以魏尚自比。按史所載，魏尚時因有罪，下吏削爵；東坡於元豐七年（按：應是熙寧七年）自杭州通判調密州太守，是升官，非貶職，更非有罪下獄，與魏尚事不合。其另一面，史載馮唐其時不但持節爲使者，且做車騎都尉，帶了許多兵，也和本詞下文『挽雕弓』『射天狼』等等意思得相呼應。審文意，仍以自比馮唐爲較愜當。」按：〈祭常山回小獵〉云：「聖明若用西涼簿，白羽猶能效一揮。」《烏臺詩案》記東坡自云：「意取西涼主簿謝艾事。」艾本書生也，善能用兵，故以此自比。若用軾爲將，亦不減謝艾也。」（謝艾事，詳見《晉書·張重華傳》）詩詞皆以書生領兵事自喻也。

會挽句：謂如獲朝廷重用，當致力經營邊防，抗擊西北方的遼夏強敵。會，當也，將要，假定的口氣，有預期意。雕弓，飾有彩繪的弓。如滿月，形容拉弓如滿月一樣圓。弓形似半月，儘力拉弦則成滿月形，射箭更有勁道。

天狼：星名，即狼星。古代傳說，狼星出現，必有外來侵掠。《楚辭·九歌·東君》：「舉長矢兮射天狼」，王逸注：「天狼，星名，以喻貪殘。」《晉書·天文志》：「狼一星在東井南，爲野將，主侵掠。」從「西北望」看，指西夏。從寫作時間和地點看，此年七月，宋朝割地於遼，密州又處宋遼邊地，則天狼亦可兼指遼國。

附錄：東坡〈與鮮于子駿〉：「近卻頗作小詞，雖無柳七郎風味，亦自是一家。呵呵！數日前，獵於郊外，所獲頗多。作得一闋，令東州壯士抵掌頓足而歌之，吹笛擊鼓以為節，頗壯觀也。寫呈取笑。」按：所云殆即此詞。

望江南　超然臺作

春未老，風細柳斜斜。試上超然臺上看，半壕春水一城花。煙雨暗千家。　寒食後，酒醒卻咨嗟。休對故人思故國，且將新火試新茶。詩酒趁年華。

熙寧九年（一〇七六）春作於密州。超然臺，在今山東諸城縣郊，原爲據北城而建的廢臺。東坡任密州知州的第二年（熙寧八年）底，修葺官廨園北城上舊臺，蘇轍爲之取名「超然」。東坡〈超然臺記〉說：「以余之無所往而不樂者，蓋遊於物之外也。」

壕：即護城河。

寒食：寒食節，冬至後一百零五天，大約在清明前一日或兩日。《荊楚歲時記》：「去冬節一百五日，即有疾風甚雨，謂之寒食，禁火三日。」

咨嗟：嘆息。

故人：老友，或謂指剛到任不久的密州通判趙成伯。東坡〈密州通判廳題名記〉云：「始，尚書郎趙君成伯爲眉之丹稜令，邑人至今稱之。余其鄰邑人也，故知之爲詳。君既罷丹稜，而余適還眉，於是始識君。其後余出官於杭，而君亦通守臨淮，同日上謁辭，相見於殿門外，握手相與語。已而見君於臨淮，劇飲大醉於先春亭上而別。及移守膠西，未一年，而君來倅是邦。余性不愼語言，與人無親疏，輒輸寫腑臟，有所不盡，如茹物不下，必吐出乃已。而人或記疏以爲怨咎，以此尤不可與深中而多數者處。君既故人，而簡易疏達，表裡洞然，余固甚樂之。而君又勤於吏職，視官事如家事，余得少休焉。」

故國：指故鄉。杜甫〈上白帝城〉：「取醉他鄉客，相逢故國人。」

新火：舊俗寒食禁火三日，寒食後再舉火，稱新火，又叫改火。杜甫〈清明〉：「朝來新火起新煙，湖色春光淨客船。」東坡〈徐州使君分新火〉：「臨臯亭中一危坐，三見清明改新火。」

新茶：指寒食節禁火前採製的茶，又叫火前茶。《苕溪漁隱叢話》前集卷四十六引《學林新編》云：「茶之佳品，造於社前；其次則火前，謂寒食前也；其下則雨前，謂穀雨前也。」

詩酒句：言抓緊時機，趁這美好時光，借詩酒以自娛。

俞陛雲《唐五代兩宋詞選釋》：「『春水』二句，超然臺之景宛然在目。下闋故人故國，觸緒生悲，新火新茶，及時行樂，以此易彼，公誠達人也。」

望江南

春已老，春服幾時成。曲水浪低蕉葉穩，舞雩風軟紵羅輕。酣詠樂升平。　微雨過，何處不催耕。百舌無言桃李盡，柘林深處鵓鴣鳴。春色屬蕪菁。

熙寧九年春作於密州，與前一首疑同時作。

春服句：《論語・先進》：「暮春者，春服既成。冠者五六人，童子六七人，浴乎沂，風乎舞雩，詠而歸。」春服，春天所穿的衣服，指夾衣。成，穿得住。

曲水句：用「曲水流觴」故事。古代習俗，於農曆三月上旬巳日（魏以後固定爲三月三日），在水濱宴樂，以袚除不祥，後人因引水環曲成渠，把裝有酒的酒杯放入渠中，然後取渠中的酒杯而飲，相與爲樂，稱爲曲水。晉代王羲之〈蘭亭集序〉云：「又有清流激湍，映帶左右，引以爲流觴曲水，列坐其次。」蕉葉，形如蕉葉之淺底小酒杯。

舞雩：魯國祭天求雨的土壇，在今山東曲阜東南。此處借指春遊的亭臺。

紵羅：指麻織和絲織的服裝。

催耕：《周禮》載有酇長、里宰「趨其耕耨」之語，即每年春季，酇長、里宰要催促農夫從事農耕。杜甫〈洗兵馬〉：「田家望望惜雨乾，布穀處處催春耕。」

百舌：又名反舌，似伯勞而小，全體黑色，喙甚尖，色黃黑相雜，鳴聲圓滑，善於模擬各種鳥鳴。

柘林：柘樹林。柘，音ㄓㄜˋ，植物名，桑科柘樹屬，直立或略攀緣狀灌木或喬木。樹皮灰褐色，具乳汁有棘刺。葉具柄，卵形或橢圓形。嫩葉可養蠶，根皮藥用，木材質堅而緻密，是貴重的木料。也稱為「蒷芝」、「柘樹」、「黃金桂」。

鵓鴣：又名鵓鳩、勃姑，羽毛灰褐色，欲雨或初晴時常咕咕的叫，故俗稱水鵓鴣。

蕪菁：又名蔓菁。十字花科，二年生草本，春末夏初開花，俗稱「大頭菜」。韓愈〈感春三首〉之二：「黃黃蕪菁花，桃李事已退。」

水調歌頭　丙辰中秋，歡飲達旦，大醉。作此篇，兼懷子由。

明月幾時有，把酒問青天。不知天上宮闕，今夕是何年。我欲乘風歸去，惟恐瓊樓玉宇，高處不勝寒。起舞弄清影，何似在人間。　轉朱閣，低綺戶，照無眠。不應有恨，何事長向別時圓。人有悲歡離合，月有陰晴圓缺，此事古難全。但願人長久，千里共嬋娟。

熙寧九年中秋，作於密州。

丙辰：爲宋神宗熙寧九年，東坡年四十一，在密州任。東坡弟子由，時在濟南。

達旦：直到早晨。

明月二句：語本李白〈把酒問月〉：「青天有月來幾時，我今停杯一問之。」把酒，端起酒杯。

天上宮闕：指月宮。闕，宮門外的望樓。宮闕指天子所居的宮殿，因門外有兩闕，故稱爲「宮闕」。

乘風歸去：《列子．黃帝》：「列子師老商氏，友伯高子；進二子之道，乘風而歸。」

瓊樓玉宇：用美玉雕砌的宮殿樓閣。這裡指月中宮殿。

不勝：承受不了。傅幹《注坡詞》：「《明皇雜錄》：八月十五夜，葉靜能邀上游月宮。將行，請上衣裘而往。及至月宮，寒凜特異，上不能禁。靜能出丹二粒進上服之，乃止。」（今本《明皇雜錄》無此條。）不能禁，即不勝，不能忍受也。

起舞二句：謂月下跳舞，清影隨人，如是天上之高寒何如人間之歡樂？此化用李白〈月下獨酌〉：「我歌月徘徊，我舞影零亂」詩意。何似，何如，即有不如之意。

轉朱閣三句：謂月光轉過紅色的樓閣，低低地照進雕花的窗戶，照著失眠的人。照無眠，照無眠之人；一說照人無眠，照著有心事之人，使其不能入睡，亦可通。綺戶，即綺窗，雕有花紋的窗戶。

不應二句：月亮不該對人有甚麼怨恨吧，可是爲何總在人們別離時那樣的圓滿？俞平伯《唐宋詞選釋》：「指月而言，言月不知有人世的愁恨，它自己忽圓忽缺也就是了，爲甚麼偏在離別時團圓呢。」傳統以月圓象徵團聚，離人望月興懷，容易觸惹愁緒，甚且懷怨。按：歐陽修〈玉樓春〉雖云「人生自是有情痴，此恨不關風與月」，可是一般人卻往往執迷不悟，怨怪風月惹人愁思。東坡對月詰問，正表現了這樣的情緒。

此事句：指月之盈虧有無與人之聚散悲歡，從來就不容易配合得那麼完美。

嬋娟：色態美好也，稱人稱物均可，此則指明月。語本謝莊〈月賦〉：「美人邁兮音塵絕，隔千里兮共明月。」東坡〈十二月十七日夜坐達曉寄子由〉：「雷州別駕應危坐，跨海清光與子分。」孟郊〈古怨別〉：「別後唯所思，天涯共明月。」

蔡絛《鐵圍山叢談》卷四：「歌者袁綯，乃天寶之李龜年也。宣和間，供奉九重，嘗為吾言：東坡公昔與客游金山，適中秋夕，天宇四垂，一碧無際，加江流澒涌，俄月色如晝，遂共登金山山頂之妙高臺，命綯歌其〈水調歌頭〉曰：『明月幾時有，把酒問青天。』歌罷，坡為起舞，而顧問曰：『此便是神仙矣！』吾謂文章人物，誠千載一時，後世安得所乎！」

胡仔《苕溪漁隱叢話》後集卷三十九：「中秋詞，自東坡〈水調歌頭〉一出，餘詞盡廢。」

張炎《詞源》卷下：「詞以意趣為主，要不蹈襲前人語意。如東坡〈水調歌頭〉（詞略）、夏夜〈洞仙歌〉（詞略）……。此數詞皆清空中有意趣，無筆力者未易到。」

先著、程洪《詞潔》卷三：「凡興象高，即不為字面礙。此詞前半，自是天仙化人之筆。惟後半『悲歡離合』、『陰晴圓缺』等字，苟求者未免指此為累。然再三讀去，摶捖運動，何損其佳？少陵〈詠懷古蹟〉詩云：『支離東北風塵際，漂泊西南天地間。』未嘗以『風塵』、『天地』、『西南』、『東北』等字窒塞，有傷是詩之妙。詩家最上一乘，固有以神行者矣，於詞何獨不然？題為『中秋對月懷子由』，宜其懷抱俯仰，浩落如是。錄坡公詞若並汰此作，是無眉目矣。」

黃蘇《蓼園詞評》：「按通首只是詠月耳。前闋是見月思君，言天上宮闕，高處不勝寒，但彷彿神魂歸去，幾不知身在人間也。次闋言月何不照人歡洽，何似有恨，偏於人離索之時而圓乎？復又自解，人有離合，月有圓缺，皆是常事，惟望長久共嬋娟耳。纏綿惋惻之思，愈轉愈曲，愈曲愈深。忠愛之思，令人玩味不盡。」

劉熙載《詞概》：「詞以不犯本位為高。東坡〈滿庭芳〉：『老去君恩未報，空回首、彈鋏悲歌』，語誠慷慨，然不若〈水調歌頭〉：『我欲乘風歸去，又恐瓊樓玉宇，高處不勝寒』，尤覺空靈蘊藉。」

王闓運《湘綺樓詞選》：「『人有』三句，大開大合之筆，他人所不能。」

鄭文焯《手批東坡樂府》：「發端從太白仙心脫化，頓成奇逸之筆。湘綺（王闓運）誦此詞，以為此『全』字韻可當『三語掾』（即『人有』三句），自來未經人道。」

王國維《人間詞話刪稿》：「長調自以周、柳、蘇、辛為最工。美成〈浪淘沙慢〉二詞精壯頓挫，已開北曲之先聲。若屯田之〈八聲甘州〉，東坡之〈水調歌頭〉，則佇興之作，格高千古，不能以常調論也。」

俞陛雲《唐五代兩宋詞選釋》：「明月生於何時？天上有無宮闕？甲子悠悠，誰為編紀？三者皆玄妙之語，可謂雲思霞想，高接混茫。起筆如俊鶻破空疾下，此調本高抗之音，得公椽筆，壓倒豪傑矣。『瓊樓玉宇』二句，以高危自警，即其贈子由『早退為戒』之意，上清雖好，不如戢影人間也。下闋懷子由，謂明月且難長滿，何況浮生焉能長聚，達人安命，願與弟共勉之。全篇若雲鵬天馬，一片神行，公之能事也。」

江城子　東武雪中送客

相從不覺又初寒。對尊前，惜流年。風緊離亭，冰結淚珠圓。雪意留君君不住，從此去，少清歡。　轉頭山下轉頭看。路漫漫，玉花翻。雲海光寬，何處是超然。知道故人相念否，攜翠袖，倚朱欄。

此詞作於熙寧九年冬。

東武句：東武，即密州。據《東坡紀年錄》知所送之客為閩人章傳，字傳道。東坡在密州時，章任州學教授。兩人嘗賦詩唱和，東坡有〈游盧山次韻章傳道〉、〈次韻章傳道喜雨〉等詩。

離亭：供來往行人歇息的亭子，古人往往於此送別。

清歡：清雅恬適之樂。馮贄《雲仙雜記》：「陶淵明得太守送酒，多以舂秫水雜投之，曰：少延清歡數日。」

轉頭山：青州府轉頭山，在諸城縣南四十里。

玉花：雪花。東坡〈和田國博喜雪〉：「玉花飛半夜，翠浪舞明年。」

雲海句：謂回頭看，雲海渺茫，光景遼闊，那裡是超然臺？此乃設想傳道在漫天雪花中轉身尋覓超然臺之所在，以表別後思憶之情。雲海，一作「銀海」。東坡〈雪後書北臺壁〉有「光搖銀海眩生花」句，作「銀海」亦有據。趙令畤《侯鯖錄》卷一：「東坡在黃州日，作雪詩云：『凍合玉樓寒起粟，光搖銀海眩生花。』人不知其使事也。後移汝海，過金陵，見王荊公，論詩及此，云：『道家以兩肩爲玉樓，以目爲銀海，是使此否？』坡笑之。退謂葉致遠曰：『學荊公者，豈有此博學哉。』」按：道家稱人的兩肩爲玉樓，兩眼爲銀海。所以，這兩句詩的意思是：天氣太冷，凍得人兩肩高聳，身上起雞皮疙瘩；雪光閃耀，使人眼花撩亂。而在這闋詞裡，東坡所謂「銀海光寬」，乃指視野茫茫也。再者，銀海，也有光明眩曜意，所以此處用以指雪地有如以銀爲海，亦通。超然，指超然臺。

故人：此乃東坡自指。

翠袖：翠綠色的衣袖，代指歌女、美人。

洞仙歌

江南臘盡，早梅花開後。分付新春與垂柳。細腰肢、自有入格風流，仍更是，骨體清英雅秀。永豐坊那畔，盡日無人，誰見金絲弄晴晝。斷腸是飛絮時，綠葉成陰，無個事、一成消瘦。又莫是東風逐君來，便吹散眉間，一點春皺。

作於熙寧十年（一〇七七）三月。年初，東坡由密州回京擬赴新任，行至陳橋驛，接誥命，改派任徐州知州，東坡遂暫寓城外范鎮園中。三月清明，東坡應約與好友王詵遊宴於城北。據《烏臺詩案》中東坡語云：「熙寧十年二月到京。三月初一日，王詵送到簡帖，約來日出城外四照亭中相見。次日，軾與詵相見，令姨嬧六七人斟酒下食。有倩奴問軾求曲子，遂作〈洞仙歌〉一首、〈喜長春〉一首與之。」按：所謂〈洞仙歌〉，即此詞也。今傳宋詞無〈喜長春〉調。朱注疑〈喜長春〉爲〈殢人嬌〉別名，即指「滿院桃花」一首。

臘盡：已過了臘月，指歲末年初之時。臘，本爲古人合祭眾神或祭祖先的活動，通常在農曆十二月舉行，故稱農曆十二月爲臘月。

分付句：言將新春交付與垂柳。分付，交付、委託。

細腰肢：以少女纖細美好的腰肢比喻垂柳柔弱細長的枝條。杜甫〈絕句漫興九首〉其九：「隔戶楊柳弱裊裊，恰似十五女兒腰。」

永豐坊：唐代地名，在東都洛陽。白居易曾賦〈楊柳枝詞〉贊賞其西南角園中垂柳，因而名聞京都。王士禛〈秋柳〉詩之二：「若過洛陽風景地，含情重問永豐坊。」

盡日二句：化用白居易〈楊柳枝詞〉詩意：「一樹春風千萬枝，嫩於金色軟於絲。永豐西角荒園裡，盡日無人屬阿誰。」金絲，比喻柳樹的垂條。

綠葉成陰：出自杜牧〈歎花〉：「自恨尋芳到已遲，往年曾見未開時。如今風擺花狼籍，綠葉成陰子滿枝。」

又莫是三句：謂只有春風再來的時候，才能使柳樹如愁眉般彎曲的葉子重新舒展。《全唐詩》卷七六一後蜀幸夤遜〈柳〉詩：「纔聞暖律先偷眼，既待和風始展眉。」春皺，因感春而皺眉，形容柳葉彎曲微微皺著，似女子之含顰也。

俞陛雲《唐五代兩宋詞選釋》：「此詞與詠楊花相類，意有所指，非專詠柳也。『綠葉』以下數語似含諷刺，亦莊亦諧，耐人尋繹。」

（三）由徐州到湖州

陽關曲　中秋作

暮雲收盡溢清寒，銀漢無聲轉玉盤。此生此夜不長好，明月明年何處看。

神宗熙寧九年冬，東坡得到移知河中府的命令，離密州南下。熙寧十年（一〇七七）春，子由與東坡相會於澶、濮之間，同赴京師。抵陳橋驛，東坡奉命改知徐州（治所彭城，今江蘇徐州市），乃寓居范鎮東園。四月，東坡赴徐州任，子由同行，住到中秋過後第二天方離去。此詞應是東坡於中秋夜送別子由之作。詞題一本在「中秋作」後有「本名〈小秦王〉，入腔即〈陽關曲〉」十一字。

銀漢：即銀河。

玉盤：喻明月。李白〈古朗月行〉：「小時不識月，呼作白玉盤。」

此生句：謂我此生的中秋夜不可能長如今晚這般美好，而如此清亮的中秋月色，到了明年，我又不知會在那裡觀賞呢？前句有好景不常的感嘆，後句有身不由己的感傷。

王文誥《蘇文忠公詩編注集成總案》卷十五引江藩語：「〈陽關詞〉，古人但論三聲，不論聲調，以王維一首定此詞平仄。此三詩，與摩詰毫髮不爽。」

劉克莊《後村詩話》後集卷一：「東坡〈中秋〉詩云：『此生此夜不長好，明月明年何處看。』與高適『今年人日空相憶，明年人日知何處』之句暗合。」

范晞文《對床夜語》卷三：「高適〈九日〉詩云：『縱使登高祇斷腸，不如獨坐空搔首。』老杜有『羞將短髮還吹帽，笑倩旁人為整冠』，亦反其事也。結句云：『明年此會知誰健，醉把茱萸仔細看。』與劉希夷『今年花落顏色改，明年花開復誰在』之意同。氣長句雅，俱不及杜。戴叔倫〈對月〉云：『明年此夕游何處，縱有清光知對誰。』欲脫其胎而不可，蓋才力不逮也。東坡用其意，作〈中秋月〉詩云：『此生此夜不長好，明月明年何處看。』遂成絕句。」

附錄：東坡〈書彭城觀月詩〉：「余十八年前中秋夜，與子由觀月彭城，作此詩，以〈陽關〉歌之。今復此夜宿於贛上，方遷嶺表，獨歌此曲，聊復書之，以識一時之事，殊未覺有今夕之悲，懸知有他日之喜也。」（《東坡題跋》卷三）

東坡〈記陽關第四聲〉：「舊傳〈陽關三疊〉。然今歌者每句再疊而已；通一首言之，又是四疊；皆非是。或每句三唱，以應三疊之說，則叢然無復節奏。余在密州，有文勛長官，以事至密，自云得古本陽關。其聲宛轉淒斷，不類向之所聞，每句皆再唱，而第一句不疊；乃知唐本三疊蓋如此。及在黄州，偶讀樂天〈對酒〉詩云：『相逢且莫推辭醉，新唱陽關第四聲。』注：『第四聲，「勸君更盡一杯酒」。』以此驗之，若第一句疊，則此句為第五聲矣；今為第四聲，則第一不疊，審矣。」（《東坡題跋》卷二）

鄭騫〈蘇東坡的陽關曲〉：「〈陽關曲〉的四聲分配是相當均勻而謹嚴的。而除了有問題的濟字不談，其餘必須分上去入的六個仄聲字，東坡都嚴格遵守了右丞原作。於此可以證明，只要東坡想守律，他就可以守得很嚴格。重要的是，他守得很自然，行所無事。也就是王半塘（鵬運）評論劉秉忠《藏春樂府》所說：『周旋於法度之中，而聲情識力常若有餘於法度之外。』特別是『暮雲收盡』那一首，多麼自然！簡直像是衝口而出的白話，若不點破，誰理會到他是在這樣束縛之下作成的。所以東坡詞偶有不協，只是『豪放不喜裁剪以就聲律』而已，『是不為耳，非不能也。』其實所謂不協，只是在精微的地方，並沒有大違格律之處。最後我們要了解，謹守聲律而又能遊行自在的作品，如東坡的『中秋月』，是可遇不可求的，所謂『妙手偶得之』。能作得很好，卻無法可以作得很多；固然精嚴，卻很難雄闊。從正面說，『雖小道亦有可觀者焉』；從另一方面說，雖可觀而畢竟是小道。這就是詞曲所以不足與詩相提並論的最大原故。」（《龍淵述學》）

按：東坡作〈陽關曲〉共三首，除本首外，尚有「贈張繼愿」、「答李公擇」二首，俱亦見於詩集。其平仄四聲與王維〈渭城曲〉幾乎盡合，後兩句失黏，不符七絕格律。

水調歌頭

余去歲在東武，作〈水調歌頭〉以寄子由。今年子由相從彭門百餘日，過中秋而去，作此曲以別余。以其語過悲，乃為和之，其意以不早退為戒，以退而相從之樂為慰云。

安石在東海，從事鬢驚秋。中年親友難別，絲竹緩離愁。一旦功成名遂，準擬東還海道，扶病入西州。雅志困軒冕，遺恨寄滄洲。　歲云暮，須早計，要褐裘。故鄉歸去千里，佳處輒遲留。我醉歌時君和，醉倒須君扶我，惟酒可忘憂。一任劉玄德，相對臥高樓。

此詞作於熙寧十年中秋過後。子由中秋夜有感而發，賦〈水調歌頭〉一詞贈別東坡。東坡以其過於悲切，遂和韻以勉之。

去歲：指去年，熙寧九年。時東坡任密州知州。

子由相從句：計東坡偕子由赴徐州任所，四月二十一日抵達，至子由八月十六日赴南京留守簽判任離徐州，共一百一十餘日。本詞序中所謂「相從彭門百餘日」即指此。彭門，即彭城，今徐州市。

安石：謝安，字安石，東晉名士，棲居東山，放情丘壑。及弟謝萬黜廢，始有仕進之志，時年已四十餘矣。

中年二句：謂人到中年，與親友分別時特別感到難過，只有藉音樂來減緩離愁。《世說新語・言語》：「謝太傅（安）語王右軍（羲之）曰：『中年傷於哀樂，與親友別，輒作數日惡。』王曰：『年在桑榆，自然至此，正賴絲竹陶寫，恒恐兒輩覺，損欣樂之趣。』」絲竹，弦樂器和竹製管樂器，泛指音樂。

東還二句：《晉書・謝安傳》：「安雖受朝寄，然東山之志始末不渝，每形於言色。及鎮新城，盡室而行，造汎海之裝，欲須經略粗定，自江道還東。雅志未就，遂遇疾篤。」蓋謝安在新城生病之後，重返都城建康時，乃「輿入西州門」（坐著轎子從西州門進城；西州門，故址在今南京市西）。謝安卒後，其甥羊曇行不由西州路。一日醉中不覺過州門，乃悲感不已，痛哭而去。

雅志句：謂高雅之志趣，被仕途所耽擱。軒冕，卿大夫的軒車和冕服，引申指官位爵祿。

遺恨句：謂未能歸田隱居，成爲一生的遺恨。滄洲，水濱，指隱者所居之地。

歲云暮三句：《詩・豳風・七月》：「無衣無褐，何以卒歲。」此引申其意，謂年歲已晚，須早點準備辭官，換上粗布衣服。

一任二句：據《三國志・魏書・陳登（元龍）傳》載：陳登者，字元龍，在廣陵有威名。「許汜與劉備並在荊州牧劉表坐，表與備共論天下人，汜曰：『陳元龍湖海之士，豪氣不除。』備謂表曰：『許君論是非？』表曰：『欲言非，此君爲善士，不宜虛言；欲言是，元龍名重天下。』備問汜：『君言豪，寧有事邪？』汜曰：『昔遭亂過下邳，見元龍。元龍無客主之意，久不相與語，自上大床臥，使客臥下床。』備曰：『君有國士之名，今天下大亂，帝主失所，望君憂國忘家，有救世之意，而君求田問舍，言無可採，是元龍所諱也，何緣當與君語？如小人，欲臥百尺樓上，臥君於地，何但上下床之間邪？』」大意是說：某日許汜、劉備及劉表在宴會上論天下英雄，提到陳登，許汜很不滿地指責他態度傲慢，提及自己昔日作客陳登家時，陳登全無待客之道，不但久久不和自己說話，甚且自睡大床而讓客人睡小床。劉備聽後不以爲然地說：「你有國士之名卻不思報國，整日只顧置買田舍，把國家大事拋在腦後，這正是陳登輕視你的原因啊！換作是我，早就自己睡在百尺高樓上，而讓你睡地上，豈只是上下床的區別？」此處東坡以許汜自比，說自己無憂國救世之意，只有求田問舍之心，甘願讓劉備臥百尺樓上，而自己臥於地，任由他對己傲視，此乃表示渴望早點退歸的決心。辛棄疾〈水龍吟〉曰：「求田問舍，怕應羞見，劉郎才氣。」則自言若只知「求田問舍」恐怕就要愧對憂國忘家的劉備了，表現出的是不願被指爲只知置產業，僅謀求個人私利而已。稼軒與東坡使用相同的典故，立意卻不同。

附錄：蘇轍〈水調歌頭・徐州中秋〉：「離別一何久，七度過中秋。去年東武今夕，明月不勝愁。豈意彭城山下，同泛清河古汴，船上載涼州。鼓吹助清賞，鴻雁起汀洲。 坐中客，翠羽帔，紫綺裘。素娥無賴西去，曾不為人留。今夜清尊對客，明夜孤帆水驛，依舊照離憂。但恐同王粲，相對永登樓。」按：宋神宗熙寧十年八月十六日，蘇轍赴南京留守簽判。

臨江仙　送王緘

忘卻成都來十載，因君未免思量。憑將清淚灑江陽。故山知好在，孤客自悲涼。

坐上別愁君未見，歸來欲斷無腸。殷勤且更盡離觴。此身如傳舍，何處是吾鄉。

熙寧十年（一〇七七）送王緘歸蜀時作。按：東坡最後一次離蜀，是在守父喪後還朝，時在熙寧元年（一〇六八）冬。詞首句言「忘卻成都來十載」，則當作於熙寧十年。

王緘：一說是東坡鄉人王秀才。另一說法，疑即王箴，字元直，東坡妻閏之弟。熙寧元年七月，東坡曾攜王箴到成都，向當時學官侯溥推薦。朱祖謀注：「按本集〈仲天貺、王元直自眉山來，見余錢塘，留半歲，既行，作絕句五首送之〉，施注：『王箴字元直，東坡夫人同安君之弟也。』王緘未知即箴否？」

江陽：傅幹注：「江陽，江北也。水北為陽。」不知所指何處。或云江陽代指東坡家鄉。據考，晉宋時僑置江陽郡和江陽縣，其後北周郡廢，隋縣廢。故治在今四川省眉山市彭山縣東十五里。宋時眉州轄眉山、彭山、丹稜、青神四縣，故借江陽指故鄉眉州眉山。

欲斷無腸：形容傷心至極，比斷腸更進一層。白居易〈山游示小妓〉：「莫唱楊柳枝，無腸與君斷。」

離觴：離杯，指別筵上的酒。

此身句：言一生飄蕩，如居傳舍，無法安定下來，不知何處是家鄉。傳舍，古時供來往行人休止住宿之處。顏師古注《漢書》云：「傳舍者，人所止息，前人已去，後人復來，轉相傳也。」

蝶戀花

簌簌無風花自墮。寂寞園林，柳老櫻桃過。落日有情還照坐，山青一點橫雲破。
路盡河回人轉柂。繫纜漁村，月暗孤燈火。憑仗飛魂招楚些，我思君處君思我。

元豐元年（一〇七八），李常罷齊州任，赴淮南西路提點刑獄任，過徐州訪東坡，於三月末離徐時，東坡送行，乃作此詞。按：傅藻《東坡紀年錄》云：「熙寧十年丁巳，過齊時公擇守齊，席上作〈南鄉子〉，又作〈蝶戀花〉別公擇。」東坡過齊州在正月初至二月初，與詞中所述暮春景象不合，《紀年錄》有誤。東坡此詞，元本無題，明代毛本題作「暮春別李公擇」、吳訥鈔本則題「別李公擇」，恐是誤據《紀年錄》所言也。李公擇，名常，南康建昌（今屬江西）人，皇祐進士，熙寧初知諫院，因反對王安石變法，出知鄂州、湖州，熙寧九年移知齊州，元豐初任淮南西路提點刑獄，官至御史中丞。

簌簌：狀細物紛紛落地聲。元稹〈連昌宮詞〉：「風動落花紅簌簌。」

柳老：指春末柳絮飄飛之時。柳花初開，蕊色鵝黃。花既開，結子成熟，亂飛如緜，稱柳絮。白居易戲答劉禹錫和其〈別柳枝〉詩有「柳老春深日又斜」一句，這裡借用柳老寫柳絮快要落盡的時節。

櫻桃過：謂櫻桃花時節已過。櫻桃，又名鶯桃、荊桃、櫻珠，屬於薔薇科落葉喬木果樹，成熟時顏色鮮紅，玲瓏剔透，味美形嬌。晴日綻開，陰天合攏，故又別稱含桃。

落日、山青二句：化用李白〈送友人〉詩：「青山橫北郭，白水遶東城。……浮雲遊子意，落日故人情。」「落日有情」一句，隱示故人惜別之意。「山青一點」一句，隱示此去路途遙遠之意。

憑仗句：即憑仗楚些招飛魂之意。屈原昔日以「楚些」之體招魂，東坡仿其意，謂將作文賦詩以喚回彼此之離魂，表示對李公擇之憶念。憑仗，依靠、倚仗。楚些，《楚辭・招魂》句尾，皆用「些」字爲語助。

我思句：彼此相憶，亦是對面言情的一種表達方式，顯現人我相通的共感。歷來詩文如杜甫〈夢李白〉：「故人入我夢，明我長相憶。」「三夜頻夢君，情親見君意。」韓愈〈與孟東野書〉：「以吾心之思足下，知足下懸懸於吾也。」孫光憲〈生查子〉：「想到玉人情，也合思量我。」皆與東坡詞意相仿。《錢鍾書論學文選》第二卷之三八云：「己思人，乃想人亦思己；己視人，適見人亦視己；此地想異地之思此地，今日想他日之憶今日。詩文中寫這種往復迴旋的思緒，時空交織，別饒情味。」

沈際飛《草堂詩餘》別集卷二：「『落日』二句，敲空有響。」

陳廷焯《詞則・別調集》：「語淺情長，筆致亦超邁。」

浣溪沙

徐門石潭謝雨，道上作五首。潭在城東二十里，常與泗水增減，清濁相應。

照日深紅暖見魚。連村綠暗晚藏烏。黃童白叟聚睢盱。　麋鹿逢人雖未慣，猿猱聞鼓不須呼。歸來說與采桑姑。

旋抹紅妝看使君。三三五五棘籬門。相排踏破蒨羅裙。　老幼扶攜收麥社，烏鳶翔舞賽神村。道逢醉叟臥黃昏。

麻葉層層檾葉光。誰家煮繭一村香。隔籬嬌語絡絲娘。　垂白杖藜抬醉眼，捋青擣麨軟饑腸。問言豆葉幾時黃。

簌簌衣巾落棗花。村南村北響繅車。牛衣古柳賣黃瓜。　酒困路長惟欲睡，日高人渴漫思茶。敲門試問野人家。

軟草平莎過雨新。輕沙走馬路無塵。何時收拾耦耕身。　日暖桑麻光似潑，風來蒿艾氣如薰。使君元是此中人。

熙寧十年四月，東坡赴徐州任。七月黃河決堤，徐州遭水災。東坡率軍民築堤抗洪，保住城池。明年（元豐元年）春天，又遭旱災。東坡按當地人說法，到城東二十里之石潭祈雨。後果降甘霖，東坡遂又往石潭謝祭神靈。此五詞乃寫途中所見初夏農村情景。

石潭：在徐州城東二十里處。東坡〈起伏龍行并敘〉：「徐州城東二十里有石潭，父老云：與泗水通，增損清濁，相應不差，時有河魚出焉。元豐元年春旱，或云置虎頭潭中，可以致雷雨，用其說，作〈起伏龍行〉一首。」

謝雨：古代官員常因久旱而祈求老天降雨，若果眞天降甘霖，則會祭神以謝。

泗水：山東省中部的一條河流。古泗水流經徐州東北，東南流入淮河。

黃童：黃口小兒。以雛鳥口黃爲喻，故黃口即指幼童。

白叟：白髮老叟。

聚睢盱：聚觀。睢，仰目。盱，張目。

麋鹿二句：謂常到潭邊飲水的麋鹿未曾見過這麼多人的場面，有點不習慣，不免驚慌失措，而山上的猿猴聽到鼓聲，不用招呼，就跑來湊熱鬧了。傅幹注：「野人如麋鹿猿猱。」這裡係以怕生的麋鹿和活潑的猿猱比喻白叟和黃童。山村老人純樸木訥，初見太守不免有幾分羞怯，至於活潑好動的孩童則聽到鼓聲響起，已爭先恐後地跑來圍觀。

旋抹紅妝：急忙搽拭脂粉。旋，匆忙急就，有臨時做起來之意。

棘籬：用荊棘做成的籬笆。棘，一種落葉喬木，即酸棗樹，爲叢生的小棗樹，果實較棗小而味酸。棘樹多刺，因此「棘」亦泛指叢生而多刺的灌木，通常稱作「荊棘」。

蒨羅裙：紅綢裙。蒨，通「茜」，草名，可作紅色染料。起三句從杜牧〈村行〉「籬窺蒨裙女」化出。

收麥社：收麥季節在土地廟祭神謝恩。社，指社祭，祭土地神，亦指其場所。

烏鳶句：謂烏鴉老鷹盤旋在舉行迎神賽會的村落上。烏鳶，烏鴉和老鷹，均爲貪食之鳥。賽神，本指祭祀時陳列食品以酬神還願，後發展爲迎神賽會，即在祭日期間敲鑼打鼓，迎神出廟，周遊街巷，聚飲作樂的群體活動。

檾：同「苘」，音ㄑㄧㄥˇ，植物名，一年生草本。莖皮多纖維，葉片大，開黃花，果實鈴鐺狀。莖皮纖維可以製作麻繩、麻布，子實可以榨油或做藥材。也作「青麻」。

絡絲娘：指繅絲的農婦。絡絲，把絲纏在籰上。俞平伯《唐宋詞選釋》：「項斯〈山行〉：『蒸茗氣從茅舍出，繅絲聲隔竹籬聞。』又從前江南養蠶的人家禁忌迷信很多，如蠶時不得到別家串門。這裡言女郎隔著籬笆說話，殆此風宋時已然。」

垂白杖藜：拄著藜杖的白髮老翁。藜，植物名，一年生草本。莖高五、六尺，葉心色黃，卵形，有鋸齒，嫩葉可食。初夏開黃綠色小花，莖老時可用來做木杖。

捋青句：摘取新嫩的麥子，炒熟後搗成粉末以果腹，俗稱「碾青」或「碾卷子」，貧者青黃不接時食品。捋，採取。《詩經・周南・芣苢》：「采采芣苢，薄言捋之。」軟饑腸，指充飢。軟，本作輭，同餪，有送食之義。東坡〈發廣州〉：「三杯軟飽後，一枕黑甜餘。」自注：「浙人謂飲酒爲軟飽。」釋惠洪《冷齋夜話》卷一：「詩人多用方言。南人……又謂睡美爲黑甜，飲酒爲軟飽。」

問言句：指作者向農民問道：豆類作物幾時成熟？問言，有慰問之意。

繅車：繅絲所用之器具，因其有輪旋轉以收絲，故稱繅車。繅，同繰，音ㄙㄠ，將蠶繭煮過抽出絲來。

牛衣：窮苦人家所穿，用亂麻編成的衣服。程大昌《演繁露》卷二「牛衣」條：「案《食貨志》：『董仲舒曰：貧民常衣牛馬之衣，而食犬彘之食。』然則牛衣者，編草使暖，以被牛體，蓋蓑衣之類也。」此處指賣瓜者衣著粗劣。或謂本作「半依」，如曾季貍《艇齋詩話》：「予嘗見東坡墨蹟作『半依』，乃知『牛』字誤也。」

漫思茶：想隨便喝點茶。漫，任意、隨便，通「謾」。俞平伯《唐宋詞選釋》：「日高人渴，應該是很想喝茶，卻用『漫』字。漫者，隨隨便便，並無『很』『甚』等字義，這裡有『胡亂』的意思。正因十分渴，胡亂地想喝點水，所以不管那個人家，就去敲門借茶，即所謂『漫』也。作者有〈偶至野人汪氏之居〉一詩，其首句云：『酒渴思茶漫叩門』，與本篇正同。詩意自分明。詞分爲兩句，將『漫』字用在上句，作爲思茶之形容，便覺得不大好懂，其實意思完全一樣。皮日休〈閒夜酒醒〉：『酒渴漫思茶』，蓋即東坡詩詞所本。」

野人：鄉野之人。此指農夫。

平莎：平整的莎草地。莎，多年生草本，地下有紡錘形細長塊根，稱香附子。

何時句：甚麼時候才能回歸我農家子弟的身分？收拾，收而拾之，收回來放到原來的地方，因此就有回復之意。耦耕，兩人並耜而耕，泛指耕種。語出《論語．微子》：「長沮、桀溺耦而耕。」

日暖句：陽光照在桑麻上，顯得光澤鮮亮，就像潑上了水一樣。

風來句：風吹來蒿艾的氣味，像聞到薰香一般。蒿，青蒿，叢生水邊，開小頭狀綠黃色花。艾，野草，花淡黃色，小頭狀花序。薰，香草，又名蕙草，此指如薰之香氣。

使君句：東坡說自己原本出身農家，此承上「何時收拾耦耕身」而言。傅幹注：「公自謂本田間野人。」如東坡〈題淵明詩二首〉說：「陶靖節云：『平疇迴遠風，良苗亦懷新。』非古之偶耕植杖者，不能道此語；非余之世農，亦不能識此語之妙也。」（見《蘇軾文集》卷六七）詩中也有「我昔在田間，但知牛與羊」、「我是田中識字夫」等語。使君，古代州郡長官的稱呼，常用以稱太守，此處乃作者自謂。元是，即原是、本是。

曾慥《高齋詩話》：「東坡長短句云：『村南村北響繅車。』參寥詩云：『隔林彷彿聞機杼，知有人家住翠微。』秦少游云：『菰蒲深處疑無地，忽有人家笑語聲。』三詩大同小異，皆奇句也。」

劉永濟《唐五代兩宋詞簡析》：「此五詞乃東坡為徐州太守因謝雨寫途中所見農村景象。凡屬於民眾生活各方面均寫到。如收麥、賽神、繅絲、煮繭、擣麨、賣瓜等等事，皆帶有雨後人民喜悅與農作物欣欣向榮之意。凡農村景物，如池魚、樹烏、棗花、桑、麻、蒿、艾等，皆帶有雨後日出，非常鮮潔色采。而農家婦女爭看太守下鄉，太守口渴，敲門求飲等事，又將官民一片融洽之情，輕輕寫出。第五首更將太守本來自民間一層意思點明作結，尤見有一體相關之意。細讀之，覺此時東坡但有與民同樂之感想，而無絲毫以官長自居之態度。古語有『民吾同胞，物吾同與』之說，此五詞頗具此意味。詞至東坡手中，已不可目為『詩餘』矣。」

俞平伯《唐宋詞選釋》：「收麥的社，賽神的村，都是複合的名詞。大眾借土地祠來打麥子，又為感謝而祭神，野鳥想吃剩餘的祭品，有個老頭喝醉了睡在道旁，寫農村得雨後欣喜的氣象。」

鄭騫〈永嘉新札〉：「桑麻之葉經日射而發光，經風吹而葉面轉動，其光有如潑水；蒿艾之薰氣，吹送之者為風，雨後蒸發之者則為日。上下兩句，風日交融。」

永遇樂　彭城夜宿燕子樓，夢盼盼，因作此詞。

明月如霜，好風如水，清景無限。曲港跳魚，圓荷瀉露，寂寞無人見。紞如三鼓，鏗然一葉，黯黯夢雲驚斷。夜茫茫，重尋無處，覺來小園行徧。　天涯倦客，山中歸路，望斷故園心眼。燕子樓空，佳人何在，空鎖樓中燕。古今如夢，何曾夢覺，但有舊歡新怨。異時對，黃樓夜景，為余浩歎。

本篇作於元豐元年秋，時東坡四十三歲，知徐州。

燕子樓：唐代檢校工部尚書張建封之子張愔任徐州刺史時爲其愛妾盼盼所建之樓。

盼盼：白居易〈燕子樓三首〉序曰：「徐州故尚書有愛妾曰盼盼，善歌舞，雅多風態。予爲校書郎時，游徐、泗間。張尚書宴予，酒酣，出盼盼以佐歡。歡甚，予因贈詩云：『醉嬌勝不得，風嫋牡丹花。』一歡而去，爾後絕不相聞，迨茲僅一紀矣。昨日司勳員外郎張仲素繢之訪予，因吟新詩，有〈燕子樓〉三首。詞甚婉麗，詰其由，爲盼盼作也。繢之從事武寧軍累年，頗知盼盼始末，云尚書既沒，歸葬東洛，而彭城有張氏舊第，第中有小樓名燕子。盼盼念舊愛而不嫁，居是樓十餘年，幽獨塊然，於今尚在。予愛繢之新詠，感彭城舊游，因同其題，作三絕句。」有人認爲這是張愔的父親張建封的事，但張建封卒於貞元十六年（八〇〇），而白居易貞元二十年（八〇四）始爲校書郎，可證這說法不正確。張愔嘗官徐州刺史，元和中召爲工部尚書。按：盼盼，姓關，或云姓許。

明月如霜：白居易〈燕子樓三首〉其一：「滿窗明月滿簾霜，被冷燈殘拂臥床。燕子樓中霜月夜，秋來只爲一人長。」

紞如句：謂三更鼓聲紞然響起。紞如，猶紞然。紞，擊鼓聲。如，助詞。《晉書・鄧攸傳》引吳人歌：「紞如打五鼓，雞鳴天欲曙。」古時將一夜分作五個計時單位，稱五更。每更擊鼓報時，又稱五鼓。三鼓是說鼓聲響過三遍，已是夜半三更了。按：三更指子時，即晚上十一點到第二天一點，稱爲夜半。

鏗然句：寫夜靜葉落聲清晰可聞。鏗然，本形容金石發出的清脆聲，此用以形容秋葉墜地之聲，應指秋夜梧桐葉落。韓愈〈秋懷〉：「空階一片下，琤若摧琅玕。」

黯黯句：謂黯淡迷茫的夢境被驚醒。黯黯，昏暗不明。夢雲，形容夢如雲般，散滅後便難重會。或解作夢中驚醒，黯然神傷。黯黯，心神暗淡的樣子。宋玉〈高唐賦〉謂楚王夢巫山神女，自稱「旦爲朝雲，暮爲行雨」。此借以喻作者夢見盼盼。

天涯倦客三句：是說自己倦於作客遠方，很想沿著山中歸路返鄉，可是故鄉渺遠，怎樣看都看不見，怎樣盼也盼不到了。望斷句，劉若愚《北宋六大詞家》：「如果以散文寫，這一行應作：『望故鄉而心眼斷』，就現在句法而言，『故園』形容『心』和『眼』，而此二字又皆爲『望斷』的受詞，所以這一行的意義是：『我凝望著直到我看裂想斷我那向著家鄉的心和眼。』較之散文的筆法，這句詞所表達的是多麼豐富啊！」

何曾夢覺：意謂要從人生的大夢中醒悟，得到眞正的解脫，實不容易。《莊子・齊物論》：「方其夢也，不知其夢也，夢之中又占其夢焉，覺而後知其夢也。且有大覺而後知此其大夢也。」

異時對三句：他日後人對著黃樓夜景憑弔今日之我時，應該也會爲我感嘆不已。詞意略似王羲之〈蘭亭集序〉：「後之視今，亦猶今之視昔。」東坡〈送鄭戶曹〉：「……蕩蕩清河壖，黃樓我所開。秋月墮城角，春風搖酒杯。遲君爲座客，新詩出瓊瑰。樓成君已去，人事固多乖。他年君倦游，白首賦歸來。登樓一長嘯，使君安在哉。」與此構思亦略同。黃樓，在徐州城東門上，東坡守徐時拆霸王廳建之。作此詞前一年（熙寧十年）八月，黃河決堤，殃及徐州，東坡親率民眾擊退洪水，並於第二年二月在城東門上建樓，樓壁塗上黃土，取五行中土剋水之意，因名曰「黃樓」。

曾慥《高齋詞話》：「少游自會稽入都見東坡，東坡曰：『不意別後公卻學柳七作詞。』少游曰：『某雖無學，亦不如是。』東坡曰：『銷魂當此際，非柳七語乎？』坡又問別作何詞？少游舉『小樓連苑橫空，下窺繡轂雕鞍驟』。東坡曰：『十三個字，只說得一個人騎馬樓前過。』少游問公近作。乃舉『燕子樓空，佳人何在，空鎖樓中燕』。晁無咎曰：『只三句，便說盡張建封事。』」

胡仔《苕溪漁隱叢話》後集卷二十六：「子瞻佳詞最多，其間傑出者，如……『明月如霜，好風如水，清景無限』（〈夜登燕子樓〉詞）……凡此十餘詞，皆絕去筆墨畦徑間，直造古人不到處，真可使人一唱而三歎。」

張炎《詞源》卷下：「詞用事最難，要體認著題，融化不澀。如東坡〈永遇樂〉云：『燕子樓空，佳人何在，空鎖樓中燕。』用張建封事。……此皆用事不為事所使。」

鄧廷楨《雙硯齋詞話》：「東坡以龍驥不羈之才，樹松檜特立之操，故其詞清剛雋上，囊括群英。……〈永遇樂〉之『古今如夢，何曾夢覺，但有新歡舊怨』……皆能簸之揉之，高華沉痛，遂為石帚導師。譬之慧能肇啟南宗，實傳黃梅衣缽矣。」

沈祥龍《論詞隨筆》：「詞當意餘於辭，不可辭餘於意。東坡謂少游『小樓連苑橫空，下窺繡轂雕鞍驟』二句，只說得車馬樓下過耳，以其辭餘於意也。若意餘於詞，如東坡『燕子樓空，佳人何在，空鎖樓中燕』，用張建封事。白石（姜夔）『猶記深宮舊事，那人正睡裡，飛近蛾綠』，用壽陽事，皆為玉田（張炎）所稱。蓋辭簡而餘意悠然不盡也。」

鄭文焯《手批東坡樂府》：「公以『燕子樓空』三句語秦淮海，殆以示詠古之超宕，貴神情不貴跡象也。」

鄭騫〈詞曲概說示例〉：「『古今如夢』三句，與『大江東去，浪淘盡，千古風流人物』，異曲同工；彼以氣概勝，此以神理勝。我們尤其要注意末句『為余浩歎』的『余』字。東坡此時已有『身經萬里頭初白，名已千秋心自清』的意味，所以這個『余』字說得特別有力。否則，一個無名下士，誰會為你而浩歎呢？其後數年，謫居黃州，也就是作『大江東去』的時候，經過人世的挫折磨練，便在『笑我生華髮』之下只有『人生如夢，一尊還酹江月』。豪情勝概，已收斂起來了。其實在那首詞裡，東坡何嘗不隱然自信，他與周公瑾同為『千古風流人物』之一！」

鄭騫〈柳永蘇軾與詞的發展〉：「張炎《詞源》曾以『清麗舒徐』四字評蘇詞；周濟《介存齋論詞雜著》云：『吾賞東坡韶秀。』所謂『清麗舒徐』，所謂『韶秀』，是蘇詞在豪放之外另一面的佳處。這種筆墨，柳永或能作到；後半『古今如夢』以下，則絕非柳永所能說得出。『古今如夢，何曾夢覺，惟有舊歡新怨。』柳永沒有那樣深刻而超妙的思力。『異時對，黃樓夜景，為予浩歎。』柳永沒有那樣高朗豪俊的胸襟氣概。」

劉若愚《北宋六大詞家》：「詩人不僅只關心他自己的情感，他就大處看生命而表示整個人類的存在就像一場夢，無論一個人有多富，多大的名聲，多麼美麗。試看這座燕子樓，是一位有權勢的將軍為他美麗而有才華的愛妾而築，它如今『空』了，只有燕子被『空』鎖樓中。這難道不令人想到萬有皆『空』嗎！不過，這也是人的天性，雖然我們或許感到人生如夢，我們卻並不能真的離開這個世界，摒絕一切情感。於是舊歡新怨永無止境的循環著，各個人如此，整個人類的生命亦如此。就像作者，蘇軾，現在立於這所為她所建的燕子樓中，為這死去已久的美女悲嘆，所以在將來也會有未來的人，在他所建的黃樓中為他浩嘆。的確也是如此，如同大書法家兼詩人王羲之所說：『後之視今，亦猶今之視昔。』這個想法似可慰，亦可悲。」

江城子　別徐州

天涯流落思無窮。既相逢，卻匆匆。攜手佳人，和淚折殘紅。為問東風餘幾許，春縱在，與誰同。　隋堤三月水溶溶。背歸鴻，去吳中。回首彭城，清泗與淮通。欲寄相思千點淚，流不到，楚江東。

元豐二年（一〇七九）三月作於徐州，時東坡將移知湖州。

天涯句：謂浪跡天涯，到處漂泊流離，令人無限感慨。思無窮，愁思不斷。思，讀去聲，指愁思。

爲問：猶借問、請問。

隋堤：隋代開通濟渠，引汴水入河，與淮水溝通，沿岸築堤種柳，後稱隋堤。

背歸鴻：暮春三月時，東坡南下，大雁北歸，故謂「背」，背道而行也。

吳中：指湖州。湖州州治在浙江烏程，春秋時屬吳地，泛稱吳中。

清泗句：泗水經徐州流入淮河，故云相通。

楚江東：指湖州。長江中下游一帶古屬楚國，流經這一段的長江叫楚江。長江下游以南地區稱江東。湖州位處長江下游以南，故稱楚江東。東坡此去為湖州，長江經揚州又東南流至吳淞口入海，而湖州則在更南邊，所以佳人的「千點淚」就「流不到」東坡之去處了。

黃蘇《蓼園詞評》：「按：彭城即徐州，泗水、汴水皆在焉，其形勝，東接齊魯，北屬趙魏，南通江淮，西控梁楚。意此時東坡於彭城遇舊好，又別之而赴淮揚，臨別贈言也。先從自己流落寫起，言舊好遇於彭城，又匆匆折殘紅以泣別。別後雖有春，不能共賞矣。隋堤，汴堤也，通於淮。言我沿隋堤而下維揚，回望彭城，相去已遠。縱泗水流與淮通，而淚亦寄不到，為可傷也。『楚江東』謂揚州，古稱『吳頭楚尾』也。故曰吳中，又稱楚江東。」按：淮陽之說有誤，東坡乃赴湖州任也。

西江月　平山堂

三過平山堂下，半生彈指聲中。十年不見老仙翁，壁上龍蛇飛動。　欲弔文章太守，仍歌楊柳春風。休言萬事轉頭空，未轉頭時是夢。

元豐二年四月，東坡由徐赴湖途中，經過揚州，登平山堂作。

三過平山堂：東坡於熙寧四年（一〇七一）由汴京赴杭州通判任，及熙寧七年（一〇七四）由杭州赴密州知州任，都經過揚州。元豐二年四月，東坡由徐州赴湖州知州任，第三次到揚州，再登平山堂，緬懷恩師歐陽修，即席於知州鮮于侁宴上賦此詞。前後三次經過揚州，故云「三過」。平山堂，在今江蘇揚州大明寺側，慶曆八年（一〇四八）歐陽修知揚州時所建。

地勢甚高，江南諸山拱列堂檐之下，似可攀取，故曰「平山堂」。

彈指：佛教名詞，即拇指與食指之指頭強力摩擦，彈出聲音；或以拇指與中指壓覆食指，復以食指向外急彈，爲古代印度所盛行表示虔敬、許諾或警告之風俗。一彈指，即彈指一次所需之時間，係諸經普遍用來形容極短暫之時間。又作一彈指頃。白居易〈禽蟲十二章〉：「何異浮生臨老日，一彈指頃報恩讎。」東坡〈過永樂文長老已卒〉詩：「三過門間老病死，一彈指頃去來今。」關於一彈指時間之長短，諸說不一：《摩訶僧祇律》卷十七謂：「須臾者，二十念名一瞬頃，二十瞬名一彈指，二十彈指名一羅豫，二十羅豫名一須臾。」《俱舍論》卷十二謂一彈指有六十五刹那；《大智度論》卷八十三則謂六十念；《處處經》謂一彈指之間有九百六十生死。

十年句：東坡於熙寧四年赴杭州通判任，拜謁歐陽修於潁州，第二年歐陽修病逝。從熙寧四年至此時元豐二年凡九年，此言十年乃舉成數。老仙翁，指歐陽修。

壁上句：指歐陽修在平山堂壁上留題的墨跡，如龍蛇飛舞。李白〈草書歌行〉：「怳怳如聞鬼神驚，時時只見龍蛇走。」傅幹《注坡詞》：「文忠公墨妙，多著平山堂。『龍蛇飛動』，言其筆勢之騰揚如此。」

文章二句：謂想要悼念歐陽修，最好傳唱他的詞。所指的詞，應是〈朝中措・送劉仲原甫出守維揚〉一首。劉敞，字原甫，慶曆進士，曾官知制誥、集賢院學士等。維揚，揚州別稱。宋仁宗嘉祐元年（一〇五六）劉敞出任揚州知州，歐陽修在宴會上賦詞相送。詞曰：「平山欄檻倚晴空，山色有無中。手種堂前垂柳，別來幾度春風。文章太守，揮毫萬字，一飲千鍾。行樂直須年少，尊前看取衰翁。」是爲本詞「文章太守」、「楊柳春風」所本。按：「文章太守」，歐陽修〈朝中措〉詞中是稱劉敞，東坡這裡則用以指歐陽修。歐公曾任滁州、揚州、潁州等地太守，又以文章顯名當世，稱「文章太守」，亦恰當也。

休言二句：語出白居易〈自詠〉：「百年隨手過，萬事轉頭空。」此反用之，翻進一層，謂未轉頭時已是夢幻。轉頭，言瞬間變換時空，或指死去。

釋惠洪〈跋東坡平山堂詞〉：「東坡登平山堂，懷醉翁，作此詞。張嘉甫謂予曰：時紅妝成輪，名士堵立，看其落筆置筆，目送萬里，殆欲仙去爾。余衰退，得觀此於祐上座處，便覺煙雨孤鴻在目中矣。」

顧從敬《類選箋釋草堂詩餘》：「末句感慨之意，見於言外。」

王士禛《花草蒙拾》：「平山堂，一坏土耳，亦無片石可語。然以歐、蘇詞，遂令地重。」

陳廷焯《白雨齋詞話》卷六：「東坡〈西江月〉云：『休言萬事轉頭空，未轉頭時皆夢。』追進一層，喚醒癡愚不少。」

南歌子

雨暗初疑夜，風回便報晴。淡雲斜照著山明。細草軟沙溪路、馬蹄輕。　卯酒醒還困，仙村夢不成。藍橋何處覓雲英。只有多情流水、伴人行。

元豐二年作於湖州。

卯酒：晨飲之酒。卯，卯時，相當於早晨五點至七點。

藍橋句：裴鉶所作《傳奇》載，唐穆宗長慶年間，落第秀才裴航出遊後回京途中，遇樊夫人。樊贈詩云：「一飲瓊漿百感生，玄霜搗盡見雲英。藍橋便是神仙宅，何必崎嶇上玉京。」後經藍橋驛，道渴，求漿，見女子雲英，願納厚禮娶之。經歷訪求玉杵臼、搗藥服食諸曲折，終得結縭而升仙。

南歌子

帶酒衝山雨，和衣睡晚晴。不知鐘鼓報天明。夢裡栩然蝴蝶、一身輕。　老去才都盡，歸來計未成。求田問舍笑豪英。自愛湖邊沙路、免泥行。

元豐二年作於湖州。

夢裡句：《莊子·齊物論》云：「昔者莊周夢爲胡蝶，栩栩然胡蝶也。自喻適志與！不知周也。俄然覺，則蘧蘧然周也。不知周之夢爲胡蝶與？胡蝶之夢爲周與？周與胡蝶，則必有分矣。此之謂物化。」原指物我同化，後世多用來表示人生虛幻無常。栩然，歡樂暢快貌。

求田句：言求田問舍自當見笑於英雄豪傑。求田問舍，用《三國志·陳登傳》許汜與劉備對談故事（詳見前〈水調歌頭〉（安石在東海）注），謂只知買田置屋，爲個人利益打算，沒有遠大志向。

編者按：此詞似曠而實豪，意氣未平。「帶酒衝山雨」，流露了與現實正面對抗的悲壯情懷，使得下一句的悠閒意味頓減，反而增添了一份掙扎衝突後的寂寞與疲倦。而夢裡一句是遺忘現實，才能得到的舒徐，並非莊周參透虛實真幻的境界。至於下闋首兩句，其悲憤之情、鬱勃之氣充斥字裡行間，所謂「求田問舍，……免泥行」都蘊含著孤絕的、與現實不諧和的情緒，是強作開脫語，非真能達觀也。

三、黃州時期

宋神宗元豐三年（一〇八〇）—元豐七年（一〇八四），四十五歲—四十九歲

蘇軾因烏臺詩案，責授檢校尙書水部員外郎充黃州團練副使本州安置，不得簽書公事。黃州，舊稱齊安，屬淮南西路，共轄三縣：黃岡（湖北黃岡縣）、黃陂（湖北黃陂縣）、麻城（湖北麻城縣），州治在黃岡，即東坡謫居之所。

元豐三年（一〇八〇）二月，軾與長子邁到黃州貶所。寓居定慧院。五月，弟轍送嫂姪等至黃州。遷居臨皋亭。六月，轍赴筠州任所。元豐四年（一〇八一）正月，訪陳慥於岐亭。二月，故人馬夢得爲請營地數十畝，因取名東坡，躬耕其上，以濟困匱。元豐五年（一〇八二）二月，於東坡築雪堂，始自號「東坡居士」。三月，往沙湖相田，得臂疾，往麻橋龐安常處求療，疾癒同遊蘄水清泉寺乃歸。米芾因馬夢得引介，初謁東坡，館於雪堂，遂與訂交。七月、十月，兩遊

赤壁，作前後〈赤壁賦〉。元豐六年（一〇八三）三月，參寥自杭來訪。四月，曾鞏卒。或傳軾同日死，神宗聞而嘆息。黃州守徐大受罷任，楊君素來代。六月，患目疾，杜門僧齋。九月，四子遯生，朝雲出也。元豐七年（一〇八四）三月，告下特授檢校尚書水部員外郎，汝州（河南臨汝縣）團練副使。四月，離黃，沿江東下。

（一）黃州前期

卜算子　黃州定慧院寓居作

缺月掛疏桐，漏斷人初靜。誰見幽人獨往來，縹緲孤鴻影。　驚起卻回頭，有恨無人省。揀盡寒枝不肯棲，寂寞沙洲冷。

東坡於元豐三年（一〇八〇）二月一日至黃州貶所，初寓居定慧院（一作定惠院，在黃州城東南清淮門外）；五月遷臨皋亭（在黃州城南長江邊）。此詞原題「黃州定慧院寓居作」，則當作於本年初到黃州時，二月至五月間。王文誥《蘇詩總案》卷二十一謂此詞作於元豐五年（一〇八二）十二月，諸本多從之，實不確。

漏斷：謂漏盡也，是說漏壺中的水已滴盡，表明夜已深。漏，指漏壺，古代計時器具，用銅製成，有播水壺和受水壺兩部分。播水壺上下分爲數層，上層底有小孔，可以滴水，層層下注，最後流入受水壺。受水壺內有立箭，箭上畫分一百刻。箭隨蓄水上升，逐漸露出刻數，用以表示時間。到深夜時，壺水漸少，滴漏的聲音已很難聽到了，所以說是漏斷。

幽人：指離群獨居，幽隱山林的人。《易・履卦》：「履道坦坦，幽人貞吉。」另一說法是，幽人指幽囚之人，引申爲含冤之人。

縹緲：指恍惚有無之意，或形容隱約高遠之貌。白居易〈長恨歌〉：「忽聞海上有仙山，山在虛無縹緲間。」

無人省：猶言無人能理解。省，察覺、瞭解。

揀盡二句：謂孤鴻選遍了凋零凄冷的樹木，猶不願隨便停歇在任一空枝上，而寂靜的沙洲則顯得一片冷清；後一句，或謂孤鴻尋不到合意的樹枝，最後寧可棲宿在寂寞寒冷的沙洲上，亦可。按：鴻雁棲宿之處，本是田野葦叢，而不是樹枝。這句用「揀盡」、「不肯」等字樣，含有良禽擇木的意思，表達了一種擇善固執的決絕精神，以喻其品格之高潔也。沙洲，江河中由泥沙淤積而成的陸地。俞平伯《唐宋詞選釋》云：「末句一本作『楓落吳江冷』，全用唐人崔信明斷句，且上下不接，恐非。」

黃庭堅《豫章黃先生文集》卷二六〈跋東坡樂府〉：「東坡道人在黃州時作，語意高妙，似非吃煙火食人語。非胸中有數萬卷書，筆下無一點塵俗氣，孰能至此？」

鮦陽居士《復雅歌詞》：「缺月，刺明微也。漏斷，暗時也。幽人，不得志也。獨往來，無助也。驚鴻，賢人不安也。回頭，愛君不忘也。無人省，君不察也。揀盡寒枝不肯棲，不偷安於高位也。寂寞吳江冷，非所安也。此詞與〈考槃〉詩極相似。」

吳師道《吳禮部詞話》：「東坡〈賀新郎〉詞『乳燕飛華屋』云云，後段『石榴半吐紅巾蹙』以下皆詠榴；〈卜算子〉『缺月掛疏桐』云云，『縹緲孤鴻影』以下皆說鴻，別一格也。」

王又華《古今詞論》：「前半泛寫，後半專敘，蓋宋詞人多此法。如子瞻〈賀新涼〉後段只說榴花，〈卜算子〉後段只說鴻雁。」

王士禛《花草蒙拾》：「坡孤鴻詞，山谷以為不吃煙火食人語，良然。鮦陽居士云：『缺月，刺明微也。……此與〈考槃〉詩相似』云云。村夫子強作解事，令人欲嘔。」

黃蘇《蓼園詞評》：「按此詞乃東坡自寫在黃州之寂寞耳。初從人說起，言如孤鴻之冷落。第二闋，專就鴻說，語語雙關，格奇而語雋，斯為超詣神品。」

謝章鋌《賭棋山莊詞話》卷二：「詠物詞雖不作可也。別有寄託，如東坡之詠雁；獨寫哀怨，如白石之詠蟋蟀，斯最善矣。」

又《賭棋山莊詞話》續編卷一：「時東坡在黃州，固不無淪落天涯之感。而鮦陽居士釋之（引文略），字箋句解，果誰語而誰知之。雖作者未必無此意，而作者亦未必定有此意，可神會而不可言傳，斷章取義，則是刻舟求劍，則大非矣。」

陳廷焯《詞則・大雅集》卷二：「寓意高遠，運筆空靈，措語忠厚，是坡仙獨至處，美成、白石亦不能到也。」

譚獻《復堂詞話》：「皋文《詞選》，以〈考槃〉為比，其言非河漢也。此亦鄙人所謂『作者未必然，讀者何必不然』。」

鄭文焯《手批東坡樂府》：「此亦有所感觸，不必附會溫都監女故事，自成馨逸。」

王國維《人間詞話刪稿》：「固哉！皋文之為詞也。飛卿〈菩薩蠻〉、永叔〈蝶戀花〉、子瞻〈卜算子〉，皆興到之作，有何命意？皆被皋文深文羅織。」

鄭騫《詞選》：「此詞自宋以來，膾炙人口，黃山谷至評為『語意高妙，似非吃煙火食人語』。余始終不能欣賞，以其穆而近木，在詩中亦非佳境，何況詞乎？若夫鮦陽居士之穿鑿附會，王漁洋已譏為村夫子強作解事矣。」

西江月　黃州中秋

世事一場大夢，人生幾度新涼。夜來風葉已鳴廊，看取眉頭鬢上。　酒賤常愁客少，月明多被雲妨。中秋誰與共孤光，把琖淒然北望。

作於元豐三年八月十五中秋夜。傅幹《注坡詞》題作「中秋和子由」。

人生句：謂人生能過多少次中秋佳節？八月中秋，已見涼意，所以稱新涼。此言人生短暫。傅幹《注坡詞》引徐寅〈人生幾何賦〉：「落葉辭柯，人生幾何？」

夜來句：夜風吹樹，已有落葉響聲傳於廊間。

看取句：看著眉頭鬢上也染了秋色，皺紋漸多，白髮頻生，意謂一己生命的秋天已到。看取，意即且看、看著。取，語助詞，猶著也、得也。其可作著字解者，如李白〈長相思〉：「不信妾斷腸，歸來看取明鏡前。」東坡〈雨中花慢〉：「不如留取，十分春態，付與明年。」其可作得字解者，如王維〈老將行〉：「少年十五二十時，步行奪取胡馬騎。」辛棄疾〈水龍吟〉：「倩何人喚取，紅巾翠袖，搵英雄淚。」

酒賤句：謂此地酒價便宜，不須擔心買不起酒招待客人，可是卻常因訪客少而發愁。

共孤光：指共看明月。

把琖：舉起酒杯。琖，同盞，淺而小的杯子。

北望：東坡在黃州，汴京在北方，故云。所謂北望朝廷，以表其雖遭貶謫，仍不改忠厚之氣節也。或云此指望子由而非望朝廷，惟子由當時貶筠州（江西高安）酒稅，筠州在黃州之南，位置不符。

胡仔《苕溪漁隱叢話》後集卷三九引楊湜《古今詞話》：「東坡在黃州，中秋夜對月獨酌，作

〈西江月〉詞……。坡以讒言謫居黃州，鬱鬱不得志，凡賦詩綴詞必寫其所懷，然一日不負朝廷，其懷君之心，末句可見矣。」

水龍吟　贈趙晦之吹笛侍兒

楚山修竹如雲，異材秀出千林表。龍鬚半翦，鳳膺微漲，玉肌勻繞。木落淮南，雨晴雲夢，月明風嫋。自中郎不見，桓伊去後，知孤負、秋多少。　聞道嶺南太守，後堂深、綠珠嬌小。綺窗學弄，梁州初遍，霓裳未了。嚼徵含宮，泛商流羽，一聲雲杪。為使君洗盡，蠻風瘴雨，作霜天曉。

作於元豐三年冬。按：傅幹《注坡詞》引東坡舊序云：「時太守閭丘公顯已致仕，居姑蘇，後房懿卿者，甚有才色，因賦此詞。」王文誥《蘇詩總案》謂熙寧七年（一〇七四）五月，東坡任杭州通判，因事至蘇州，飲於閭丘公顯家，贈懿卿作。此詞編年歷來眾說紛紜。傅藻《東坡紀年錄》繫於熙寧八年（一〇七五），在密州贈趙晦之吹笛侍兒，朱本、龍本均主其說。孔凡禮《蘇軾年譜》卷十九編元豐三年（一〇八〇）十一月，作於黃州，並云：「趙昶（晦之）知藤州。簡昶憂南方兵事。昶在藤餽丹砂，報以蘄笛，賦〈水龍吟〉贈昶侍兒」。鄒、王本從其說。今暫從孔《譜》之說。

趙晦之：名昶，南雄州人，先任楚州團練推官，後為東武縣令。東坡由杭赴密，有〈蝶戀花・過漣水軍贈晦之〉。熙寧末，趙昶任藤州（廣西藤縣）知州。東坡貶謫黃州，趙昶曾有書慰勉。據《孔氏談苑》卷二所記：「朝士趙昶有兩婢善吹笛，知藤州日，以丹砂遺子瞻，子瞻以蘄笛報之，並有一曲，其詞甚美。」即指此詞也。

楚山修竹：古代蘄州（湖北蘄春）出高竹。傅幹《注坡詞》：「今蘄州笛村，故楚地也。」《廣群芳譜・竹譜》：「蘄竹，出黃州府蘄州。以色勻者為簟，節疏者為笛，帶鬚者為杖。」

異材句：言造笛之竹是一林之中最特出者。異才，優異之材。林表，林端。

龍鬚三句：傅幹《注坡詞》：「笛製取良簳通洞之，若於首頸處，則存一節，節間留纖枝，剪而束之。節以下若膺處則微漲，而全體皆要勻淨。若《漢書》所謂生其竅厚均者，斷兩節間而吹之。審如是，然後可製。故能遠可通靈達微，近可以寫情暢神。謂之『龍鬚』、『鳳膺』、『玉肌』，皆取其美好之名也。」龍鬚，古人取優質竹子製笛，打通各節，僅留首節，並保留其表面的細枝條，修剪捆束，稱龍鬚。鳳膺，優質的笛子首節以下略粗，似鳳胸。膺，胸。玉肌，美玉一般的肌膚，指竹子外表光潔。

木落三句：傅幹《注坡詞》：「善吹笛者，必俟氣肅天清，風微月亮，聊作一二弄，遂臻其妙。」木落淮南，指秋天。劉長卿〈江州重別薛六柳八二員外〉：「江上月明胡雁過，淮南木落楚山多。」淮河以南，指蘄州。雲夢，即古代雲夢澤，大致包括今湖南益陽、湘陰以北、湖北江陵、安陸以南地區。

自中郎三句：謂無蔡邕、桓伊那樣的賞識者，則美竹空生，歲月虛度，不知孤負了多少個美好的秋天。中郎，即東漢蔡邕，字伯喈，曾爲中郎將。傅幹《注坡詞》：「蔡邕初避難江南，宿於柯亭之館，以竹爲椽。邕仰而盼之，曰：『此良竹也。』取以爲笛，奇聲獨絕，歷代傳之至於今。邕嘗爲中郎將。」桓伊，晉人，喜音樂，善吹笛。《晉書·桓伊傳》：「桓伊善音樂，盡一時之妙，爲江左第一，有蔡邕柯亭笛，常自吹之。」孤負，違背他人好意，也作「辜負」。

嶺南太守：指趙晦之。時晦之任藤州知州，藤州在五嶺南，故稱。

綠珠：西晉石崇歌妓，善吹笛。《晉書·石崇傳》：「崇有妓曰綠珠，美而豔，善吹笛。」

綺窗：雕飾精美的窗子。

弄：表演、彈奏。此指吹奏，如「弄笛」、「弄簫」。

梁州：曲名，本作涼州，指〈涼州曲〉。《新唐書·禮樂志十二》：「〈涼州曲〉，本西涼所獻也，其聲本宮調，有大遍、小遍。」馬端臨《文獻通考》：「天寶中，明皇命紅桃歌貴妃〈梁州曲〉，親御玉笛爲之倚曲。」

初遍：樂曲結構術語，此指大曲前段的組成部分。王灼《碧雞漫志》卷三：「凡大曲，有散序、靸、排遍、攧、正攧、入破、虛催、實催、袞遍、歇拍、殺袞，始成一曲，此謂大遍。」唐大曲的典型結構由「散序—歌—破」三個部分組成：一、散序，即散板的引起部。一般由器樂演奏的若干遍樂曲構成。二、歌頭，又稱中序、拍序或排遍，即有板的樂曲主體。多爲慢板，一般由若干遍舒緩的歌唱構成，有時也有舞蹈。三、破，又稱舞遍，是繁音急節的結束部分，以舞爲主，有時有歌，節奏速度變化極爲複雜。傅幹《注坡詞》：「初遍者，今樂府諸大曲，凡數十解，於攧前則有排遍，攧後則有延遍。此謂之初遍，豈非排遍之首謂乎？」

霓裳：樂曲名，指〈霓裳羽衣曲〉。唐代的宮廷樂舞曲。原爲西域樂舞，初名〈婆羅門曲〉。唐玄宗開元中，河西節度使楊敬述獻上，又經玄宗改編增飾並配上歌詞和舞蹈，於天寶十三年改用此名。其樂舞皆描寫虛無縹緲的仙境和仙女的形象。安史之亂後，此曲散佚。白居易〈長恨歌〉：「漁陽鼙鼓動地來，驚破霓裳羽衣曲。」後南唐後主李煜得殘譜，經昭惠后補綴成曲。後主〈玉樓春〉詞所謂「重按霓裳歌遍徹」，蓋指此事。此曲也稱爲〈霓裳〉、〈霓裳曲〉、〈霓裳羽衣〉。

嚼徵二句：笛聲包含徵調和宮調，又吹起緩和的商調和羽調。宋玉〈對楚王問〉：「引商刻羽，雜以流徵，國中屬而和者，不過數人。」說明這種音樂的高妙。嚼、含，指品味笛曲。泛、流，指笛聲優美流暢。

一聲雲杪：形容笛聲高亢入雲。雲杪，雲端。杪，本義爲樹梢，引申指末端。傅幹《注坡詞》：「諸樂器中，唯笛有穿雲裂石之聲。」

使君：知州別稱，此指趙晦之。

蠻風瘴雨：指南方山林溼氣含瘴之風雨。古代以爲嶺南氣候溼潤，易致疾病，故稱。瘴，瘴氣，溼熱蒸發之氣。

霜天曉：樂曲名，即〈霜天曉角〉。

張端義《貴耳集》卷下：「東坡〈水龍吟〉詠笛詞，八字謚。『楚山修竹如雲，異材秀出千林表』，此笛之質也；『龍鬚半翦，鳳膺微漲，玉肌勻繞』，此笛之狀也；『自中郎不見，將軍去後，知孤負，秋多少』，此笛之事也；『聞道嶺南太守，後堂深，綠珠嬌小』，此笛之人也；『倚窗學弄，梁州初試，霓裳未了』，此笛之曲也；『嚼徵含宮，泛商流羽，一聲雲杪』，此笛之音也；『為使君洗盡，蠻煙瘴雨，作霜天曉』，此笛之功也。嚼徵、含宮、泛商、流羽，五音已用其四，乏一『角』字。『霜天曉』，歇後一『角』字。」

張侃《拙軒詞話》：「孫仲益為錫山費茂和說蘇文忠公〈水龍吟〉，曲盡詠笛之妙。其詞曰：『楚山修竹如雲，異林秀出千林表』，笛之地也。『龍鬚半翦，鳳膺微漲，綠肌勻繞』，笛之材也。『木落淮南，雨晴雲夢，月明風嫋』，笛之時也。『自中郎不見，桓伊去後，知辜負、秋多少』，笛之怨也。『聞道嶺南太守，後堂深，綠珠嬌小』，笛之人也。『綺窗學弄，梁州初遍，霓裳未了』，笛之曲也。『嚼徵含宮，泛商流羽，一聲雲杪』，笛之聲也。『為使君洗盡，蠻煙瘴雨，作霜天曉』，笛之功也。」

張炎《詞源》卷下：「東坡詞如〈水龍吟〉詠楊花、詠聞笛，又如〈過秦樓〉、〈洞仙歌〉、〈卜算子〉等作，皆清麗舒徐，高出人表。」

卓人月《古今詞統》卷十七：「百餘字，堪與馬融〈長笛賦〉抗衡。」

先著、程洪《詞潔》卷五：「非無字面蕪累處，然丰骨畢竟超凡。玉田云：『清麗舒徐』，未敢輕議也。」

俞陛雲《唐五代兩宋詞選釋》：「此詞上闋『龍鬚』三句形容盡致。『木落』三句詠笛而兼狀景物。『中郎』、『桓伊』，更悠然懷友，可謂句意並到。結句一奏〈霜天〉之曲，瘴雨蠻風，一時盡掃，見笛韻之高也。」

鄭騫〈成府談詞〉：「予近年始知〈水龍吟・聞笛〉確是絕妙好詞，張氏（指張炎《詞源》）所舉其餘四首則始終不能欣賞。」

南鄉子

晚景落瓊杯，照眼雲山翠作堆。認得岷峨春雪浪，初來。萬頃蒲萄漲淥醅。 春雨暗陽臺，亂灑歌樓溼粉腮。一陣東風來捲地，吹迴。落照江天一半開。

作於元豐四年（一〇八一）春。傅幹《注坡詞》題作「黃州臨皋亭作」。

晚景：傍晚時的景色。

瓊杯：玉杯，泛指質地優良、製作精美的酒杯。宋代以瓷器之佳者稱「假玉杯」。

岷峨春雪浪：言長江春漲，乃岷山峨嵋山春雪融化而來。岷峨，即四川的岷山、峨嵋山，在長江上游。東坡〈與范子豐〉云：「臨皋亭下八十數步，便是大江，其半是峨嵋雪水。吾飲食沐浴皆取焉，何必歸鄉哉。」（亦見《東坡志林》卷四〈臨皋閒題〉）

蒲萄漲淥醅：謂江水清澈像未過濾的蒲萄酒。李白〈襄陽歌〉：「遙看漢水鴨頭綠，恰似葡萄初醱醅。」蒲萄，即葡萄，形容江水碧綠。醅，未過濾的酒。

溼粉腮：謂雨水打溼了歌女敷著粉的臉龐。

落照：夕陽餘暉，同「夕照」。

水龍吟　次韻章質夫楊花詞

似花還似非花，也無人惜從教墜。拋家傍路，思量卻是，無情有思。縈損柔腸，困酣嬌眼，欲開還閉。夢隨風萬里，尋郎去處，又還被、鶯呼起。　不恨此花飛盡，恨西園、落紅難綴。曉來雨過，遺蹤何在，一池萍碎。春色三分，二分塵土，一分流水。細看來不是，楊花點點，是離人淚。

作於元豐四年初夏。按：朱祖謀《東坡樂府》依王文誥說，編元祐二年（一〇八七）。龍本、曹本等均依朱說，惟據近人考證，應爲東坡貶黃時作。章質夫於元豐四年四月出任荊湖北路提點刑獄，轄地與黃州（時屬淮南西路）相近。質夫寄楊花詞與東坡，東坡隨即依韻和作一首並覆信云：「承喻慎靜以處憂患，非心愛我之深，何以及此，謹置之座右也。〈柳花〉詞妙絕，使來者何以措辭。本不敢繼作，又思公正柳花飛時出巡按，坐想四子，閉門愁斷，故寫其意，次韻一首寄去，亦告不以示人也。」（〈與章質夫三首〉之一）所謂「次韻一首」，即此詞也。

次韻：依他人詩詞的原韻和作，因此稱次韻或步韻，是和韻的一種。和韻有同韻與次韻之分：同韻容易一些，只要和詩或和詞的韻同即可，不必考慮韻的前後次序；而次韻不但要求同韻，且韻的前後次序也必須相同。

章質夫：章楶，字質夫，建州浦城（今屬福建）人，英宗治平二年（一〇六五）進士，徽宗時官至同知樞密院事，資政殿學士，卒諡莊簡。其詠楊花〈水龍吟〉，傳誦一時。原文如下：

「燕忙鶯懶花殘，正堤上柳花飄墜。輕飛亂舞，點畫青林，全無才思。閒趁游絲，靜臨深院，日長門閉。傍珠簾散漫，垂垂欲下，依前被、風扶起。 蘭帳玉人睡覺，怪春衣、雪霑瓊綴。繡床漸滿，香毬無數，才圓卻碎。時見蜂兒，仰粘輕粉，魚吞池水。望章臺路杳，金鞍游蕩，有盈盈淚。」

楊花：即柳絮。詩詞中的「楊柳」，不是指楊和柳兩種樹，而是特指柳樹，一般是指垂柳。古代有折柳贈人的習俗。隋代無名氏〈送別〉詩云：「楊柳青青著地垂，楊花漫漫攪天飛。柳條折盡花飛盡，借問行人歸不歸。」所謂楊花，就是柳絮。此詞即以柳絮與離愁之關係構篇，寫出了男女相思怨別之情，以及詞人身世流離之感。

從教墜：任由它飄落。從，任從，有放任、不在乎的意思。教，使。

拋家傍路兩句：楊花離開枝頭，猶依傍在路邊，仔細思量，它看似無情，其實別有心思。思，作名詞用，讀去聲。裴說〈柳〉：「思量卻是無情樹，不解迎人只送人。」這裡反用其意。

縈損柔腸：柔嫩的腸子糾纏不已。縈，纏繞。損，煞，極盡，非常之意。縈損，極端糾結的樣子。楊柳的枝條細而柔，故以柔腸喻柳絲。

困酣嬌眼：嬌媚的眼睛困倦極了。酣，形容事物正盛的樣子。困酣，就是正非常困倦。嬌眼，柳葉初生如醉眼，古人詩賦中多稱柳葉爲柳眼。

夢隨風三句：寫思婦夢中隨風飄蕩，尋覓情郎不得而又被黃鶯啼聲驚起的情貌，刻劃楊花隨風飛轉，飄揚不定的形態。顧敻〈虞美人〉：「憑闌愁立雙蛾細，柳影斜搖砌。玉郎還是不還家，教人魂夢逐楊花，繞天涯。」金昌緒〈春怨〉：「打起黃鶯兒，莫教枝上啼。啼時驚妾夢，不得到遼西。」此處皆化用其意。

落紅難綴：謂已落的春花難再接回枝頭上。綴，收拾、連接。

一池萍碎：東坡自注：「楊花落水爲浮萍，驗之信然。」其〈再次韻曾仲錫荔支〉詩亦有：「柳花著水萬浮萍」句，並自注云：「柳至易成，飛絮落水中，經宿即爲浮萍。」按：姚寬《西溪叢話》卷下云：「楊、柳二種，楊樹葉短，柳樹葉長。花即初發時黃蕊，子爲飛絮。今絮中有小青子，著水泥沙灘上，即生小青芽，乃柳之苗也。東坡謂絮化爲浮萍，誤矣。」

春色三分三句：謂柳絮隨春而來，飄飛於春風裡，當它委於塵土時，春天已過了三分之二，剩餘的三分之一也在暮春時隨著流水而去，整個春天就這樣消逝了。李調元《雨村詞話》卷一：「宋初葉清臣，字道卿，有〈賀聖朝〉詞云：『三分春色二分愁，更一分風雨。』東坡〈水龍吟〉演爲長句云：『春色三分，二分塵土，一分流水。』神意更遠。」

朱弁《曲洧舊聞》卷五：「章楶質夫作〈水龍吟〉詠楊花，其命意用事，清麗可喜。東坡和之，若豪放不入律呂。徐而視之，聲韻諧婉，便覺質夫詞有織繡工夫。晁叔用云：『東坡如毛嬙、西施淨洗卻面，與天下婦人鬥好，質夫豈可比耶！』」

曾季貍《艇齋詩話》：「東坡和章質夫楊花詞云：『思量卻是，無情有思。』用老杜『落絮游絲亦有情』也。『夢隨萬里，尋郎去處，依前被、鶯呼起。』即唐人詩云：『打起黃鶯兒，莫教枝上啼。幾回驚妾夢，不得到遼西。』『細看來不是，楊花點點，是離人淚』，即唐人詩云：『時人有酒送張八，惟我無酒送張八。君看陌上梅花紅，盡是離人眼中血。』皆奪胎換骨手。質夫詞亦自佳。」

張炎《詞源》卷下〈雜論〉：「詞不宜強和人韻。若倡者之曲韻寬平，庶可賡歌；倘韻險又為人所先，則必牽強賡和，句意安能融貫？徒費苦思，未見有全章妥溜者。東坡次章質夫楊花〈水龍吟〉韻，機鋒相摩，起句便合讓東坡出一頭地，後片愈出愈奇，真是壓倒今古。」

又〈句法〉：「詞中句法，要平妥精粹。一曲之中，安能句句高妙？只要拍搭襯副得去，於好發揮筆力處，極要用工，不可輕易放過，讀之使人擊節可也。如東坡〈楊花詞〉云：『似花還似非花，也無人惜從教墜。』又云：『春色三分，二分塵土，一分流水。』……此皆平易中有句法。」

沈謙《填詞雜說》：「東坡『似花還似非花』一篇，幽怨纏綿，直是言情，非復賦物。」

沈際飛《草堂詩餘正集》卷五：「隨風萬里尋郎，悉楊花神魂。」又云：「讀他文字，精靈尚在文字裡面；坡老只見精靈，不見文字。」

黃蘇《蓼園詞話》：「首四句是寫楊花形態；『縈損』以下六句，是寫望楊花之人之情緒。二闋用議論，情景交融，筆墨入化，有神無跡矣。」

劉熙載《詞概》：「東坡〈水龍吟〉起句云：『似花還似非花』，此句可作全詞評語，蓋不離不即也。」

陳廷焯《詞則・大雅集》卷二：「身世流離之感，而出以溫婉語，令讀者喜悅悲歌，不能自已。」

王國維《人間詞話》：「東坡〈水龍吟〉詠楊花，和韻而似原唱。章質夫詞，原唱而似和韻。才之不可強也如是。」又云：「詠物之詞，自以東坡〈水龍吟〉為最工。邦卿〈雙雙燕〉次之。白石〈暗香〉、〈疏影〉格調雖高，然無一語道著，視古人『江邊一樹垂垂發』等句何如耶？」

俞陛雲《唐五代兩宋詞選釋》：「起二句已吸取楊花之全神。『無情有思』句以下，人與花合寫，情味悠然。轉頭處別開一境。『西園』『落紅』句隱喻人亡邦瘁，恝然憂國之思。『遺蹤』『萍碎』句仍歸到本題。『春色』三句萬紫千紅同歸塵劫，不僅為楊花惜也。結句怨悱之懷，力透紙背，既傷離索，兼有遷謫之感。質夫原唱，亦清麗可誦。晁叔用云：『東坡如嬙、施之天姿，天下婦人莫及，質夫豈可比耶！』」

鄭騫《詞選》：「結處十三字應作一五兩四，如質夫原作云：『望章臺路杳，金鞍游蕩，有盈盈淚』是也。東坡此作與之小異；然此十三字一氣直下，句讀少異，原自不妨。後人亦有用東坡句法者。」

編者按：此詞結處如按正格，應作「細看來不是，楊花點點，是離人淚。」鄭騫《詞選》則作「細看來、不是楊花，點點是、離人淚。」除了這兩種句法，諸家編錄東坡此詞，也有作「細看來、不是楊花，點點是離人淚」、「細看來、不是楊花點點，是離人淚」或「細看來不是楊花，點點是、離人淚」的。一般都以為東坡往往以意為文，是格律所不能約束得住的。誠如鄭先生所說，句讀稍有差異，本也無妨。不過，若能深切體會東坡立意、構思的巧妙之處，就會理解這幾句當作正格為佳。劉熙載《詞概》說：「東坡〈水龍吟〉起句云：『似花還似非花』，此句可作全詞評語，蓋不離不即也。」東坡整首詞在楊花不是花、柳絮與柳枝柳葉、花事與人情、東坡與此物間，採取了一種「似是而非、似非而是」的論述方式，文情跌宕有致，掌握了楊柳與離別交織而成的糾結情思，也貼合由物及人的詞體之抒情特性，全詞回盪著「似花——非花、無情——有思、欲開——還閉、不恨——恨、不是

——是」的語意，纏綿幽怨，十分傳神。結語十三字，依此脈絡，先頓在「不是」，顯示細看下否定其為楊花，然後看到的卻是「楊花點點」，似又加以肯定，最後在認知「是離人淚」的情況下，又推翻了是楊花的事實。這樣的句法安排，比起其他的方式，轉折更為深曲，亦能呼應全詞「若即若離」的主調。

水調歌頭

歐陽文忠公嘗問余，琴詩何者最善？答以退之〈聽穎師琴〉詩。公曰：「此詩固奇麗，然非聽琴，乃聽琵琶也。」余深然之。建安章質夫家善琵琶者乞為歌詞。余久不作，特取退之詞稍加檃括，使就聲律，以遺之云。

昵昵兒女語，燈火夜微明。恩怨爾汝來去，彈指淚和聲。忽變軒昂勇士，一鼓填然作氣，千里不留行。回首暮雲遠，飛絮攪青冥。　眾禽裡，真彩鳳，獨不鳴。躋攀寸步千險，一落百尋輕。煩子指間風雨，置我腸中冰炭，起坐不能平。推手從歸去，無淚與君傾。

作於元豐四年夏。據考，東坡貶謫黃州時，嘗寫信給鄂州太守朱康叔云：「章質夫求琵琶歌詞，不敢不寄呈。」（〈與朱康叔〉）而章質夫係於元豐四年四月調爲荊湖北路提點刑獄，離黃州不遠，二人曾有書信來往。此詞應作於元豐四年間，與〈水龍吟・次韻章質夫楊花詞〉一首約略同時。

歐陽文忠公：即歐陽修，文忠乃其諡號。

退之：韓愈的字。

聽穎師琴詩：韓愈詩，原題〈聽穎師彈琴〉，詩云：「昵昵兒女語，恩怨相爾汝。劃然變軒昂，勇士赴敵場。浮雲柳絮無根蒂，天地闊遠隨飛揚。喧啾百鳥群，忽見孤鳳凰。躋攀分寸不可上，失勢一落千丈強。嗟余有兩耳，未省聽絲篁。自聞穎師彈，起坐在一旁。推手遽止之，溼衣淚滂滂。穎乎爾誠能，無以冰炭置我腸。」按：穎師，是唐憲宗元和年間長安一位善於彈琴的和尚。穎，僧之名。師，對道士或僧尼的尊稱。

建安章質夫：章質夫，福建浦城人。北宋時，浦州屬建州，建州治所在建安，故稱「建安章質夫」。

檃括：原爲矯正木竹彎曲的工具，引申爲依詩文原有的內容剪裁、改寫成另一種體裁的作品，文句會略加增損，但不改其意旨。此指將韓愈的詩改寫成詞。

遺：音ㄨㄟˋ，贈送、給予。

昵昵二句：形容琴聲婉轉纏綿，有如青年男女在夜燈暗處談情說愛。昵昵，親近貌。

恩怨句：言琴聲一往一返，彷彿訴說著情侶間恩恩怨怨的複雜情緒。爾汝，不依禮俗，而以你我相稱，以示彼此親密無間。杜甫〈醉時歌〉：「忘形到爾汝。」

彈指句：謂手指彈撥著琴弦，流淚傷心的情緒伴隨著樂聲傳達了出來。或謂彈指，即一彈指的省略，極言時間短暫，猶言一會兒。

軒昂：意態不凡的樣子。形容樂音突然轉爲充滿男子氣概的高揚音調。

塡然：充滿且盛大的樣子。《孟子・梁惠王上》：「塡然鼓之，兵刃既接，棄甲曳兵而走。」此處形容聲音洪亮。

千里不留行：形容樂音快速傳遍千里，一往直前而不停止。《莊子・說劍》：「臣之劍，十步一人，千里不留行。」成玄英疏：「其劍十步殺一人，一去千里，行不留住，銳快如是，寧有敵乎？」

回首二句：謂一轉身琴聲已如暮雲飄遠，餘音繚繞，好像空中攪起的飛絮一般，極盡縹緲悠遠之致。青冥，形容青蒼悠遠，指青天、蒼天。李白〈長相思〉：「上有青冥之長天，下有淥水之波瀾。」

眾禽裡三句：謂眞正的彩鳳，不會隨著百鳥爭鳴。形容琴音之高妙處在於眾聲雜作後，暫時歸於靜止的狀態。眾禽，普通的鳥。

躋攀二句：寫樂曲旋律由低到高，寸寸前進，最後陡然下滑，猶如艱難攀登又突然下墜一樣。尋，古代八尺稱爲一尋。

指間風雨：謂手指裡彈奏出來的樂音如風雨般，翻騰變化，流瀉出極不寧靜的情態。

腸中冰炭：形容琴聲使人悲喜驟變，如冰如炭般忽冷忽熱，情緒落差甚大。冰炭，比喻性質相反，彼此不能相容的情狀。《莊子・人間世》：「事若成，則必有陰陽之患。」郭象注：

「人患雖去，然喜懼戰於胸中，固已結冰炭於五藏矣。」陶淵明〈雜詩〉：「孰若當世士，冰炭滿懷抱。」

起坐句：謂激動不已，坐立難安。李煜〈烏夜啼〉：「燭殘漏斷頻攲枕，起坐不能平。」

推手句：言曲終時，推手往前彈撥，任由琴聲自然消失。

無淚句：寫音樂感人之深，聽者爲之流盡眼淚。

黃庭堅《山谷老人刀筆》卷十三〈與郭英發〉第一簡：「東坡公聽琵琶一曲，奇甚。」

劉克莊《後村先生大全集》卷一〇二〈跋聽蛙方氏帖東坡穎師聽琴水調及山谷帖〉：「檃括他人之作，當如漢王晨入（韓）信、（張）耳軍，奪其旗鼓，蓋其作略氣魄，固已陵暴之矣。坡公此詞是也。他人勉強為之，氣盡力竭，在此則指麾呼喚不來，在彼則頡頏偃蹇不受令，勿作可矣。但韓詩云『溼衣淚滂滂』，坡詞前云『彈指淚縱橫』，後云『無淚與君傾』，或以為複。余曰：前句雍門之哭也，後句昭文之不鼓也，結也，非複也。」

卓人月《古今詞統》卷十二：「其緩調高彈，急節促撾，可以目聽。」

南鄉子　重九涵輝樓呈徐君猷

霜降水痕收，淺碧鱗鱗露遠洲。酒力漸消風力軟，颼颼。破帽多情卻戀頭。　佳節若為酬，但把清尊斷送秋。萬事到頭都是夢，休休。明日黃花蝶也愁。

作於元豐四年九月九日。

重九：傳統節日重陽節的別稱，九月初九，二九相重，故稱「重九」。

涵輝樓：在黃岡縣西南。東坡〈與王定國四十一首〉之十二云：「重九登棲霞樓，望君淒然，歌〈千秋歲〉，滿座識與不識皆懷君。遂作一詞云：『霜降水痕收……。』」又元豐五年東坡作〈醉蓬萊〉詞序云：「余謫居黃，三見重九，每歲與太守徐君猷會於棲霞。」據此，涵輝樓當即棲霞樓之別稱，或詞題有誤。棲霞樓，宋初王義慶創建，閭丘孝終任黃州太守時重建，位於赤壁之上。王象之《輿地紀勝》卷四十九〈黃州・景物下〉：「棲霞樓，在儀門之外西南，軒豁爽塏，坐挹江山之勝，爲一郡奇絕。」陸游《入蜀記》卷三記載：「下臨大江，煙樹微茫，遠山數點，亦佳處也。」

徐君猷：名大受，東海（今屬江蘇省）人，時爲黃州知州。東坡〈與徐得之書〉：「某始謫黃州，舉目無親，君猷一見，相待如骨肉。」東坡貶謫黃州時太守，君猷任滿離去即逝世，東坡有祭文和輓詞，情甚淒惻。

水痕收：江水減退，指水位降低了。

淺碧鱗鱗：謂江水泛著微波，狀似魚鱗。

露遠洲：水位下降，露出遠處江心之沙洲。

酒力漸消：謂逐漸不勝酒力。

破帽句：翻用晉代孟嘉重陽登龍山落帽故事。孟嘉在征西將軍桓溫重陽節宴會上被風吹落帽子，卻渾然不覺，事見《世說新語．識鑒》劉孝標注。杜甫〈九日藍田崔氏莊〉：「羞將短髮還吹帽，笑倩旁人為正冠。」張宗橚《詞林紀事》卷五引樓敬思曰：「九日詩詞，無不使落帽事者，總不若坡仙〈南鄉子〉詞，更爲翻新。」

佳節句：言如何回報這樣的佳節？此處化用杜牧〈九日齊山登高〉：「但將酩酊酬佳節，不用登臨歎落暉」句意。若為，怎樣、如何。酬，報答，如酬謝。

清尊：酒器。亦借指清酒。

斷送：度過。張相《詩詞曲語辭匯釋》云：「斷送，猶云過也；度也。」韓愈〈遣興〉：「斷送一生惟有酒，尋思百計不如閒。」蓋以醉酒過此生、度此生也。張相又云：「斷送，亦猶云發付也。」發付，打發、處置。白居易〈同夢得和思黯見贈來詩中先敘三人同宴之歡……兼吟鄙懷〉：「留連燈下明猶飲，斷送尊前倒即休。」言以醉倒發付飲興也。東坡〈次韻答邦直子由四首〉之二：「醉呼妙舞留連夜，閒作清詩斷送秋。」言以新詩發付秋意也。

萬事句：用潘閬〈樽前勉兄長〉：「萬事到頭都是夢，休嗟百計不如人」（一作「須信百年都似夢，莫嗟萬事不如人」）成句。

休休：猶言罷了、罷了。

明日句：謂明日之菊，色香都減，已非今日之菊，連迷戀菊花之蝴蝶，也會爲之嘆惋傷悲。鄭谷〈十日菊〉：「節去蜂愁蝶不知，曉庭還繞折殘枝。自緣今日人心別，未必秋香一夜衰。」詞中反用其意。東坡元豐初在徐州逍遙堂作〈九日次韻王鞏〉云：「相逢不用忙歸去，明日黃花蝶也愁。」此用其成句。黃花，即菊花。按：十日，指重陽節後第二天，即九月初十。

釋惠洪《冷齋夜話》卷一：「如鄭谷〈十日菊〉曰：『自緣今日人心別，未必秋香一夜衰。』此意甚佳，而病在氣不長。西漢文章雄渾雅健者，其氣長故也。……東坡則曰：『萬事到頭終是夢，休休。明日黃花蝶也愁。』凡此之類，皆換骨法也。」

洪邁《容齋隨筆》卷七：「杜老云：『休將短髮還吹帽，笑倩旁人為正冠。』坡則云：『酒力漸消風力軟，颼颼。破帽多情卻戀頭。』鄭谷〈十日菊〉云：『自緣今日人心別，未必秋香一夜衰。』坡則云：『相逢不用忙歸去，明日黃花蝶也愁。』正採舊公案，而機杼一新，前無古人，於是為至。」

沈際飛《草堂詩餘正集》卷二評曰：「自來九日多用落帽，東坡不落帽，醒目。」又云：「東坡升沉去住，一生莫定，故開口說夢。如云：『人間如夢』，『世事一場大夢』，『未轉頭時皆夢』，『古今如夢，何曾夢覺』，『君臣一夢，今古虛名』，屢讀之，胸中鄙吝自然消去。」

黃蘇《蓼園詞評》：「『破帽戀頭』，語奇而穩。『明日黃花』句，自屬達觀。凡過去未來皆幾非，在我安可學蜂蝶之戀香乎？」

陳廷焯《詞則》：「翻用落帽事，極疏狂之趣。」

俞陛雲《唐五代兩宋詞選釋》：「戀我惟有破帽，寫愁惟有蝴蝶，皆託想高妙處。」

附錄：東坡〈醉蓬萊・余謫居黃，三見重九，每歲與太守徐君猷會於棲霞。今年公將去，乞郡湖南。念此惘然，故作此詞〉：「笑勞生一夢，羈旅三年，又還重九。華髮蕭蕭，對荒園搔首。賴有多情，好飲無事，似古人賢守。歲歲登高，年年落帽，物華依舊。　此會應須爛醉，仍把紫菊茱萸，細看重嗅。搖落霜風，有手栽雙柳。來歲今朝，為我西顧，酹羽觴江口。會與州人，飲公遺愛，一江醇酎。」按：徐君猷於元豐六年滿任，故五年秋已先乞郡湖南。

浣溪沙　十二月二日，雨後微雪，太守徐君猷攜酒見過，坐上作〈浣溪沙〉三首。

覆塊青青麥未蘇。江南雲葉暗隨車。臨皐煙景世間無。　雨腳半收簷斷線，雪床初下瓦跳珠。歸來冰顆亂黏鬚。

醉夢醺醺曉未蘇。門前轣轆使君車。扶頭一琖怎生無。　廢圃寒蔬挑翠羽，小槽春酒滴真珠。清香細細嚼梅鬚。

雪裡餐氊例姓蘇。使君載酒為回車。天寒酒色轉頭無。　薦士已聞飛鶚表，報恩應不用蛇珠。醉中還許攬桓鬚。

三首皆作於元豐四年十二月二日。

徐君猷：見前首〈南鄉子〉注。

見過：來訪。

覆塊句：謂青青麥苗覆蓋田壟。塊，土塊。東坡〈東坡八首〉之五：「投種未逾月，覆塊已蒼蒼。」青青，指麥苗。《莊子》：「青青之麥，生於陵陸。」韓愈〈過南陽〉：「南陽郭門外，桑下麥青青。」蘇，復甦，此指小麥發芽，仍未抽長的樣子。

雲葉：形容寒冬雲朵形如葉片。

臨皋：黃州城南江邊的驛亭。東坡貶黃，先寓居定慧院，元豐三年五月遷居於此。

雨腳：成線落下綿密的雨點。杜甫〈茅屋爲秋風所破歌〉：「床頭屋漏無乾處，雨腳如麻未斷絕。」

雪床：雪珠，亦稱霰。東坡自注：「京師俚語，謂霰爲雪床。」霰，水蒸氣在高空中遇到冷空氣凝結成小冰粒，在下雪前往往先下霰。
曉未蘇：謂天亮了還沒清醒過來。
轣轆：車輪轉動聲音。
使君：知州別稱，此指徐君猷。東坡於此句自注云：「公見訪時，方醉睡未起。」
扶頭：扶頭酒，指易醉的酒。
怎生：猶怎樣、如何。
翠羽：形容菜葉新鮮嫩綠。
槽：釀酒或注酒的器皿。化用李賀〈將進酒〉詩句：「琉璃鍾，琥珀濃，小槽酒滴眞珠紅。」
梅鬚：梅蕊。傅幹注：「花香多在鬚間粉上。」
雪裡餐氈句：謂在凍寒中過苦日子的總是姓蘇的人。據《漢書》卷五十四〈李廣蘇建傳〉載：蘇武使匈奴，「單于愈益欲降之。乃幽武，置大窖中，絕不飲食。天雨雪，武臥齧雪，與旃（通「氈」）毛並咽之，數日不死。匈奴以爲神。乃徙武北海上無人處，使牧羝，羝乳乃得歸。」後因以「餐氈」謂身居異地，茹苦含辛，而心向朝廷。此處不取持節不屈之意，意在以蘇武的困窘自比，兼切其姓。例姓蘇，照例姓蘇。
爲回車：即特地彎路到我家來。回車，調轉車行的方向，指專程登門。
天寒句：飲酒臉色發紅，但因天寒，一下子就消失了。轉頭，指一轉頭時間，形容迅速。

鶚表：即薦表。孔融〈薦禰衡疏〉：「鷙鳥累百，不如一鶚。使衡立朝，必有可觀。」孔融舉薦人才，非常重視眞才實學，不欣賞夸夸其談的人。他認爲一百隻猛禽梟鳥，還不如一隻魚鷹，而禰衡人品才能兼備，正是如魚鷹一般的可用之才，便上表舉薦他。後遂以「鶚表」稱推薦人才的表章。據東坡墨跡自注：「公近薦僕於朝。」故用孔融薦禰衡作比況。鶚，俗稱「魚鷹」，嘴頗短，趾有連膜，外趾且能前後轉動；背部黑褐色，喉部有褐斑，腹部白色。性情凶猛，好棲水渚，捕食魚類爲生。

蛇珠：劉安《淮南子》卷六〈覽冥訓〉：「譬如隋侯之珠，和氏之璧，得之者富，失之者貧。」高誘注：「隋侯見大蛇傷斷，以藥傅之，後蛇於江中銜大珠以報之，因曰隋侯之珠，蓋明月珠也。」此處用蛇報恩比喻受者的報答。「不用蛇珠」，東坡反其意而用之，意謂不須用世俗之方式答謝君猷，或即無以爲報也。

攬桓鬚：據《晉書》卷八十一〈桓伊傳〉，謝安功名盛極時，遭到構陷，見疑於晉孝武帝。一天，孝武帝命桓伊吹笛，桓伊吹完一曲以後，又撫箏而歌怨詩：「爲君既不易，爲臣良獨難。忠信事不顯，乃有見疑患。」在座的謝安感動得泣下沾襟，「乃越席而就之，捋其鬚曰：『使君於此不凡！』」孝武帝也面有愧色。按：此處用謝安捋桓伊鬍鬚典故，以桓伊比徐君猷，乃表示對君猷之感激也。

滿江紅　寄鄂州朱使君壽昌

江漢西來，高樓下、蒲萄深碧。猶自帶、岷峨雪浪，錦江春色。君是南山遺愛守，我為劍外思歸客。對此間、風物豈無情，般勤說。　江表傳，君休讀。狂處士，真堪惜。空洲對鸚鵡，葦花蕭瑟。獨笑書生爭底事，曹公黃祖俱飄忽。願使君、還賦謫仙詩，追黃鶴。

作於元豐四至五年間，具體時間不詳。

鄂州：今湖北武昌，與黃州隔江相對。

朱使君壽昌：字康叔，天長（今屬安徽）人，以孝聞天下，時任鄂州知州。東坡元豐三年到黃州，朱壽昌於四月即有書信並餽贈禮物。東坡寄壽昌的書信今存二十二篇，皆作於元豐三年至五年。

江漢西來：對鄂州來說，長江自西南來，漢水自西北來，這裡統言西來。江漢，指長江、漢水，兩水在武漢匯流。

高樓：指黃鶴樓，在武漢黃鶴磯上，面臨長江。

蒲萄深碧：形容長江水像葡萄酒一樣的清澈碧綠。李白〈襄陽歌〉：「遙看和水鴨頭綠，恰似葡萄初醱醅。」

岷峨雪浪：指岷山和峨嵋山雪融後，湧入長江的波浪。東坡〈南鄉子〉：「認得岷峨春雪浪，初來。萬頃蒲萄漲淥醅。」

錦江春色：用杜甫〈登樓〉：「錦江春色來天地」語。錦江，四川境內大江，又名流江、汶江，是流入長江的岷江支流。相傳蜀人織錦濯其中則色澤鮮豔，故名。

南山遺愛守：朱壽昌曾任陝州通判（職位次於知州，亦稱通守），陝州有終南山，故稱南山守。又據《宋史》本傳，朱曾任閬州知州，嘗明斷疑獄，「郡稱爲神，蜀人至今傳之」。閬州即今四川閬中，唐代屬安南道，故此句或指稱此事，「南山」爲「山南」之誤。「山南」與「劍外」，屬對更工巧，且東坡爲蜀人，稱朱壽昌亦用其宦蜀之事。遺愛，古時地方官去任，留下好政績，稱爲「遺愛」。班固《漢書・敘傳》稱循吏：「沒世遺愛，民有餘思。」

劍外：四川北部有劍門山，就唐首都長安而言，四川位於劍門山外，故將劍門以南的蜀中地區稱作「劍外」。

江表傳：書名，晉・虞溥撰，《隋書・經籍志》著錄爲二卷，今已佚。此書詳載三國時吳國人物事蹟，裴松之《三國志》之注多所稱引，傅幹注：「《江表傳》載江左吳時事，多見漢末群雄競逐之義。《三國志》每引以爲證也。」

狂處士：指禰衡。《後漢書・禰衡傳》：「禰衡，字正平，平原般人也。少有才辯，而尚氣剛傲，好矯時慢物。」曾辱罵曹操，爲操忌恨，擬假劉表之手殺之，爲劉表識破，轉薦江夏太守黃祖，終因狂傲而被殺，葬於鸚鵡州。

底事：何事。

曹公：即曹操，字孟德，東漢末年人。位至丞相，封魏王。
黃祖：東漢末年人，爲江夏太守，事劉表。
飄忽：形容短暫，一閃即逝。通常指光陰迅速消逝或時間短暫。陸機〈歎逝賦〉：「時飄忽其不再。」可引申指死亡。此謂昔日顯赫的曹操和黃祖轉眼間都化爲塵土。
鸚鵡：即鸚鵡洲。據《後漢書・禰衡傳》，黃祖長子黃射「大會賓客，人有獻鸚鵡者」，黃射請禰衡作〈鸚鵡賦〉，由是得名。其地在今武漢西南長江之中。今鸚鵡洲已非宋以前故地。
願使君三句：祝願朱壽昌寄意於恆久不衰的文章事業，撰寫傑出作品追攀前賢。謫仙，指李白。昔崔顥賦〈黃鶴樓〉詩，李白驚嘆，曰：「眼前有景道不得，崔顥題詩在上頭。」相傳李白作〈登金陵鳳凰臺〉詩乃有意與崔顥爭勝。追，追攀，超過。

（二）黃州中期

水龍吟

閭丘大夫孝終公顯嘗守黃州，作棲霞樓，為郡中絕勝。元豐五年，余謫居黃。正月十七日，夢扁舟渡江，中流回望，樓中歌樂雜作。舟中人言：公顯方會客也。覺而異之，乃作此曲，蓋越調〈鼓笛慢〉。公顯時已致仕，在蘇州。

小舟橫截春江，臥看翠壁紅樓起。雲間笑語，使君高會，佳人半醉。危柱哀絃，豔歌餘響，繞雲縈水。念故人老大，風流未減，空回首、煙波裡。推枕惘然不見，但空江、月明千里。五湖聞道，扁舟歸去，仍攜西子。雲夢南州，武昌東岸，昔游應記。料多情夢裡，端來見我，也參差是。

作於元豐五年（一〇八二）正月。

閭丘大夫孝終公顯：複姓閭丘，名孝終，字公顯，蘇州人，曾爲朝議大夫、黃州知州。范成大《吳郡志》卷二六：「閭丘孝終，字公顯，郡人。嘗守黃州。蘇文忠公在東坡時，與交從甚密（按：東坡貶謫黃州時，知州爲徐君猷，徐罷任，楊君素來代，公顯不在黃州。此處有誤）。公後經從，必訪孝終，賦詩爲樂。孝終既挂冠，與諸名人耆艾爲九老會。」東坡之前已和閭丘有交往。熙寧七年（一〇七四）五月，東坡自潤州、常州返杭州時，經過蘇州，有〈蘇州閭丘江君二家雨中飲酒二首〉記在閭丘家宴飲事，詩中說「五紀歸來鬢未霜」，知其時已年過六十，且已退休家居。熙寧十年（一〇七七）東坡任徐州知州時，閭丘孝終經過，東坡有〈浣溪沙〉詞，題爲「贈閭丘朝議，時過徐州」，可見二人交誼。

棲霞樓：在黃岡縣西南，宋初王義慶創建，閭丘孝終任黃州太守時重建。詳〈南鄉子〉（霜降水痕收）一首「涵輝樓」注。

鼓笛慢：即〈水龍吟〉。王奕清等《（康熙欽定）詞譜》卷三十：「〈水龍吟〉，姜夔詞注無射商，俗名越調。……呂渭老詞名〈鼓笛慢〉。」

致仕：交還官職，即辭官退休。

截：本有「割斷」、「攔阻」之意，船橫渡江河的樣態如截斷流水，故「橫截」即「橫渡」。

紅樓：指棲霞樓。

危柱：絃樂器上有縛絃的柱（絃枕木），可以轉動，使絃綳緊或放鬆。危柱是說把柱擰緊，使絃音升高。

哀絃：指絃上發出哀婉感人的樂聲。

繞雲縈水：形容樂聲高亢迴旋，優美動聽，如行雲流水般。

故人老大：言老朋友閭丘年老。老大，年歲不小。

五湖三句：傳說范蠡佐勾踐滅吳後，攜西施，乘舟泛於五湖。此以喻閭丘公顯退居蘇州。龔明之《中吳紀聞》卷五〈閭丘大夫〉條謂孝終：「後房有懿卿者，頗具才色。」或謂作者此處乃以西施比喻懿卿。五湖，即太湖及其附近的胥、蠡、洮、滆四湖。

雲夢南州：指黃州，在古雲夢澤之南。

武昌東岸：亦指黃州。武昌，今湖北鄂城縣，在長江之南，與黃州隔江相對。此處長江由南流轉向東流，故武昌在西岸而黃州在東岸。

多情：多情的人，指閭丘。

端來：特來。王鍈《詩詞曲語辭例釋》：「端，又猶言『特』、『故』，副詞。」

參差是：大概是。白居易〈長恨歌〉：「中有一人字太眞，雪膚花貌參差是。」辛棄疾〈水龍吟〉：「老來曾識淵明，夢中一見參差是。」

鄭文焯《手批東坡樂府》：「突兀而起，仙乎仙乎！『翠壁』句新嶄，不露雕琢痕。上闋全寫夢境，空靈中雜以淒麗。過片始言情，有滄波浩渺之致，真高格也。『雲夢』二句，妙能寫閒中情景。煞拍不說夢，偏說夢來見我，正是詞筆高渾不猶人處。」

江城子

陶淵明以正月五日游斜川，臨流班坐，顧瞻南阜，愛曾城之獨秀，乃作〈斜川詩〉，至今使人想見其處。元豐壬戌之春，余躬耕於東坡，築雪堂居之。南挹四望亭之後丘，西控北山之微泉，慨然而歎，此亦斜川之游也。乃作長短句，以〈江城子〉歌之。

夢中了了醉中醒。只淵明，是前生。走遍人間，依舊卻躬耕。昨夜東坡春雨足，烏鵲喜，報新晴。　雪堂西畔暗泉鳴。北山傾，小溪橫。南望亭丘，孤秀聳曾城。都是斜川當日境，吾老矣，寄餘齡。

作於元豐五年二月。

陶淵明：名潛，晉潯陽（今屬江西）人，曾爲彭澤令，因「不能爲五斗米折腰」（《晉書・陶潛傳》），棄官歸隱。所作田園詩，質樸自然，意境高遠，被譽爲隱逸詩人之宗。淵明於晉安帝隆安五年（四〇一）正月五日，與二三鄰里同遊斜川，有詩並序記其事。

斜川：在陶淵明家鄉江西九江附近，今江西省星子縣與都昌縣之間的湖渚中。

班坐：列班而坐，依次而坐。班，排列。陶潛〈游斜川〉：「氣和天惟澄，班坐依遠流。」或解作布草而坐，在地面上鋪上植物的柔枝爲席而坐。班，布也。

南阜：南面的山，指廬山。

曾城：又作層城，傳說中崑崙山的最高層。此指斜川的落星寺。一說，指廬山北、彭蠡澤西的鄣山。

元豐壬戌：即元豐五年。

東坡：蘇軾在黃州申請到的耕地，在黃州城東南隅。蘇軾〈東坡八首〉序云：「余至黃州二年，日以困匱。故人馬正卿哀余乏食，爲於郡中請故營地數十畝，使得躬耕其中。」又詩題下施注曰：「東坡在黃岡山下州治東百餘步。」《黃州府志》卷三：「東坡在城東南隅，宋蘇軾居此，號東坡居士。」陸游《入蜀記》卷四：「自州門而東，岡壟高下，至東坡，則地勢平曠開豁，東起一壠，頗高。」

雪堂：作者於東坡旁搭建的堂屋，凡五間房，建成於元豐五年二月。東坡〈雪堂記〉云：「蘇子得廢圃於東坡之脅，築而垣之，作雪堂焉。號其正曰雪堂，堂以大雪中爲，因繪雪於四壁之間，無容隙也。起居偃仰，環顧睥睨，無非雪者。蘇子居之，眞得其所者也。」

挹：牽引，此作連接。

四望亭：在雪堂南邊高阜上，唐人所建，爲當地名勝。

北山：即聚寶山，在府城之北。

了了：明白、清楚。

前生：過去的一生。佛教有輪迴之說，謂人有「三生」，即前生、今生、來生。

傅幹《注坡詞》：「世人於夢中顛倒，醉中昏迷，而能在夢而了，在醉而醒者，非公與淵明之徒，其誰能哉！」

附錄：陶淵明〈游斜川〉並序

辛丑正月五日，天氣澄和，風物閒美。與二三鄰曲，同游斜川。臨長流，望曾城。魴鯉躍鱗於將夕，水鷗乘和以翻飛。彼南阜者，名實舊矣，不復乃為嗟歎。若夫曾城，傍無依接，獨秀中皋。遙想靈山，有愛嘉名。欣對不足，率爾賦詩。悲日月之遂往，悼吾年之不留。各疏年紀鄉里，以記其時日。

開歲倏五日，吾生行歸休。念之動中懷，及辰為茲游。氣和天惟澄，班坐依遠流。弱湍馳文魴，閒谷矯鳴鷗。迥澤散游目，緬然睇曾丘。雖微九重秀，顧瞻無匹儔。提壺接賓侶，引滿更獻酬。未知從今去，當復如此不。中觴縱遙情，忘彼千載憂。且極今朝樂，明日非所求。

滿庭芳

蝸角虛名，蠅頭微利，算來著甚乾忙。事皆前定，誰弱又誰強。且趁閒身未老，須放我、些子疏狂。百年裡，渾教是醉，三萬六千場。 思量。能幾許，憂愁風雨，一半相妨。又何須抵死，說短論長。幸對清風皓月，苔茵展、雲幕高張。江南好，千鍾美酒，一曲滿庭芳。

作於元豐五年。《東坡外集》題下注：「山谷云此詞非先生作。」然未言所據。

蝸角虛名：微不足道的浮名虛譽。蝸角，極言其小。《莊子・則陽》：「有國於蝸之左角者曰觸氏，有國於蝸之右角者曰蠻氏，時相與爭地而戰，伏尸數萬，逐北旬有五日而後反。」所謂「蠻觸相爭」或「蝸角之爭」，比喻所處所爭者十分渺小。

蠅頭微利：微小的財利。蠅頭，比喻細微。柳永〈鳳歸雲〉：「蠅頭利祿，蝸角功名。」

著甚乾忙：猶言爲甚麼瞎忙，指爭名奪利到頭來不過一場空。著甚，作甚。乾忙，白忙、空忙。

閒身：投閒置散之身，此處自稱。

放：放任。

些子：一點兒，少許。

百年裡三句：爲一日一醉，一年約醉三百六十場，百年即醉三萬六千場。李白〈襄陽歌〉：「百年三萬六千日，一日須醉三百杯。」渾教是醉，全讓它醉酒。渾，完全。

憂愁二句：一生中心情不好和天氣不好的日子佔去了一半。葉清臣〈賀聖朝〉：「三分春色二分愁，更一分風雨。」

抵死：張相《詩詞曲語辭匯釋》：「抵死，猶云分外也；急急或竭力也；亦猶云終究或老是也。」此爲竭力之意，即拼命也。

說短論長：議論別人的好壞是非。崔瑗〈座右銘〉：「無道人之短，無說己之長。」

苔茵：以青苔作褥蓆。茵，墊褥。

雲幕：以雲彩作帷幕。

陳秀明《東坡詩話錄》：「《玉林詞選》云：東坡〈滿庭芳〉詞一闋，碑刻遍傳海內，使功名競進之徒讀之可以解體，達觀恬淡之士歌之可以娛生。」

潘游龍《精選古今詩餘醉》卷十五：「坡老此篇專在喚醒俗人，故不著一深語。」

定風波

三月七日，沙湖道中遇雨。雨具先去，同行皆狼狽，余獨不覺。已而遂晴。故作此詞。

莫聽穿林打葉聲，何妨吟嘯且徐行。竹杖芒鞋輕勝馬，誰怕，一蓑煙雨任平生。料峭春風吹酒醒，微冷，山頭斜照卻相迎。回首向來蕭瑟處，歸去，也無風雨也無晴。

此詞作於元豐五年三月七日。

沙湖：鎮名，在湖北沔陽縣東南。東坡〈書清泉寺詞〉云：「黃州東南三十里爲沙湖，亦曰螺師店，予將置田其間，因往相田。」

已而：過了不久、然後。

吟嘯：吟詩與嘯呼，表示意態蕭散。《晉書・謝安傳》：「嘗與孫綽等汎海，風起浪湧，諸人並懼，安吟嘯自若。」

芒鞋：用芒草編織的鞋子，泛指一般草鞋。

誰怕句：謂儘管一生都在煙雨中也不畏懼。蓑，用草或棕櫚葉做成的雨具。任，任憑，儘管。

料峭春風：帶幾分寒意的春風。料峭，形容風冷。

向來：表示時間的詞，可遠可近，此處指剛才。

蕭瑟處：指遇雨之處。蕭瑟，寂靜冷清。

鄭文焯《手批東坡樂府》：「此足徵是翁坦蕩之懷，任天而動。琢句亦瘦逸，能道眼前景。以曲筆直寫胸臆，倚聲能事盡之矣。」

劉永濟《唐五代兩宋詞簡析》：「東坡時在黃州，此詞乃寫途中遇雨之事。中途遇雨，事極尋常，東坡卻能於此尋常事故中寫出其平生學養。上半闋可見作者修養有素，履險如夷，不為憂患所搖動之精神。下半闋則顯示其對於人生經驗之深刻體會，而表現出憂、樂兩忘之胸懷。蓋有學養之人，隨時隨地，皆能表現其精神。」

鄭騫〈漫談蘇辛異同〉：「東坡說：『回首向來蕭瑟處，歸去，也無風雨也無晴。』他在海南島時有兩句詩：『管寧投老終歸去，王式當年本不來。』意思與此一樣。他把世間種種，一切作如是觀；也就是我上文所說『亦真亦幻，亦幻亦真』。稼軒則吃飽了沒事，溪邊散步，卻又想起其實已竟化為雲煙的往事來了。也許是餘怒，也許是追悔，總而言之是『舊恨春江流不盡』。結果把欄干都拍碎了，一個人生悶氣。若使半夜醉歸敲不開門而『倚仗聽江聲』的東坡，看見稼軒拍欄干的樣子，一定會『仰天大笑冠簪落』，而告之曰：『著時似有輸贏，著了並無一物。』這是蘇辛兩人性格與人生觀根本不同之處。」

浣溪沙　游蘄水清泉寺。寺臨蘭溪，溪水西流。

山下蘭芽短浸溪。松間沙路淨無泥。蕭蕭暮雨子規啼。　誰道人生無再少，門前流水尚能西。休將白髮唱黃雞。

作於元豐五年三月。是時東坡要到黃州東南的沙湖道買田，因往相田而得病，聞麻橋龐安常善醫，遂往求治。病癒同遊清泉寺，有感於溪水西流，乃賦此詞。

蘄水：即今湖北浠水縣，在黃岡東。此指浠水，是傍城河，縣因得名。浠水流經縣境，至蘭溪入長江。

清泉寺：在今湖北浠水縣城東一公里處。寺建於唐貞元六年（七九〇）。時因掘地得清泉，因以爲名，今不存。《黃州府志》卷三：「筆沼，俗名洗筆池，在縣東二里清泉寺。世傳王羲之洗筆於此，今池畔小竹猶漬墨痕。」

蘭溪：《黃州府志》卷三：「在縣西南四十里，多出山蘭。唐以此名縣，今改作鎮。」

山下句：謂於溪水間可看見剛發芽的蘭草。此乃點出寺臨蘭溪之意。

松間句：寫散步松間小路，塵泥不驚，一片乾淨清新。曾敏行《獨醒雜志》卷二：「徐公師川嘗言：東坡長短句有云：『山下蘭芽短浸溪，松間沙路淨無泥。』白樂天詩云：『柳橋晴有絮，沙路潤無泥。』『淨』、『潤』兩字，當有能辨之者。」

子規：即杜鵑鳥，相傳是古代蜀帝杜宇之魂所化，故亦稱杜宇或杜主。其聲淒婉，能動旅客之鄉思，古代詩詞常借以抒羈旅之情。

門前句：中國河流多向東流入海，而蘭溪卻向西流入江，似屬反常現象。東坡有感而發，故意借題發揮。東坡詩〈八月十五日看潮五絕〉之二亦云：「造物亦知人易老，故教江水向西流。」

休將句：謂不要徒然感嘆歲月流逝，自傷衰老。語本白居易〈醉歌示妓人商玲瓏〉：「罷胡琴，掩秦瑟，玲瓏再拜歌初畢。誰道使君不解歌，聽唱黃雞與白日。黃雞催曉丑時鳴，白日催年酉前沒。腰間紅綬繫未穩，鏡裡朱顏看已失。玲瓏玲瓏奈老何，使君歌了汝更歌。」人們慣用「白髮」、「黃雞」形容歲月匆促，光景催年，人生易老。這裡說「休將」，乃否定語，反用詩意。謂不要因爲年老而唱起那種「黃雞催曉」、朱顏已老的悲觀消極的調子。休將，不要。白髮，指老年。黃雞，羽毛茶褐色的雞。

先著、程洪《詞潔》卷一：「坡公韻高，故淺淺語亦覺不凡。」

陳廷焯《白雨齋詞話》卷六：「東坡〈浣溪沙〉云：『誰道人生難再少，君看流水尚能西。休將白髮唱黃雞。』愈悲鬱，愈豪放，愈忠厚，令我神往。」

附錄：《東坡題跋》卷三〈書清泉寺詞〉：「黃州東南三十里為沙湖，亦曰螺師店。余將買田其間，因往相田。得疾，聞麻橋人龐安時（字安常）善醫而聾，遂往求療。安時雖聾，而穎悟絕人，以指畫字，不盡數字，輒了人深意。余戲之曰：『余以手為口，君以眼為耳，皆一時異人也。』疾愈，與之同游清泉寺。寺在蘄水郭門外二里許。有王逸少洗筆泉，水極甘，下臨蘭溪，溪水西流。余作歌云：『山下蘭芽短浸溪，……休將白髮唱黃雞。』是日劇飲而歸。」

西江月

頃在黃州，春夜行蘄水中。過酒家飲。酒醉，乘月至一溪橋上，解鞍曲肱，醉臥少休。及覺已曉。亂山攢擁，流水鏘然，疑非塵世也。書此語橋柱上。

照野瀰瀰淺浪，橫空隱隱層霄。障泥未解玉驄驕。我欲醉眠芳草。　可惜一溪風月，莫教踏碎瓊瑤。解鞍攲枕綠楊橋。杜宇一聲春曉。

作於元豐五年三月。

曲肱：彎曲手臂。《論語・述而》：「曲肱而枕之。」肱，音ㄍㄨㄥ，胳膊從腕到肘的一段。

少休：稍事休息。

攢擁：聚集環抱，形容四面峰巒。攢，拼湊、聚合。

鏘然：形容撞擊金石的聲音。此指流水清脆聲。

照野二句：寫月光下的江水和夜色裡的天空景象。兩句是說，月光照見原野溪流泛著粼粼波光，橫亙天際的是若隱若現的層雲。瀰瀰，水流盛滿的樣子。《詩經・邶風・新臺》：「新臺有泚，河水瀰瀰。」層霄，層雲。

障泥：即馬韉，馬鞍下的墊褥。用布或錦製成，墊在馬鞍下，垂馬腹兩旁，用來擋避泥土，所以稱爲「障泥」。《世說新語．術解》：「王武子善解馬性。嘗乘一馬，著連錢障泥。前有水，終日不肯渡。王云：『此必是惜障泥。』使人解去，便徑渡。」李白〈紫騮馬〉：「臨流不肯渡，似惜錦障泥。」按：連錢障泥，指一種名貴的馬韉，飾有如銅錢相連的花紋。

玉驄：毛色青白相雜的馬，駿馬的一種，又稱菊花青。此用作馬的代稱。

可惜：惹人喜愛。惜，愛憐、珍視。李商隱〈巴江柳〉：「巴江可惜柳，柳色綠侵江。」

瓊瑤：美玉，此喻倒映溪中的明月，指水光波影之美。

解鞍句：卸下馬鞍，用鞍作枕，斜臥綠楊橋上。攲，傾斜、倚靠。

杜宇：即杜鵑鳥，相傳爲古蜀帝杜宇之魂所化，故稱。

俞陛雲《唐五代兩宋詞選釋》：「誦其下闋四句，清狂自放，有『萬象賓客』之概。」

洞仙歌

余七歲時，見眉山老尼，姓朱，忘其名，年九十餘。自言嘗隨其師入蜀主孟昶宮中。一日，大熱，蜀主與花蕊夫人夜納涼摩訶池上，作一詞，朱具能記之。今四十年，朱已死久矣，人無知此詞者，但記其首兩句。暇日尋味，豈〈洞仙歌令〉乎？乃為足之云。

冰肌玉骨，自清涼無汗。水殿風來暗香滿。繡簾開、一點明月窺人，人未寢，攲枕釵橫鬢亂。　起來攜素手，庭戶無聲，時見疏星渡河漢。試問夜如何，夜已三更，金波淡、玉繩低轉。但屈指西風幾時來，又不道流年，暗中偷換。

作於元豐五年。

眉山：今四川眉山縣，東坡故鄉。一作「眉州」。

孟昶：字保元（九一九—九六五），五代後蜀國主，在位三十一年，國亡降宋。《十國春秋》稱其好學能文，亦工聲曲。

花蕊夫人：孟昶貴妃，徐姓，別號花蕊夫人，國亡，隨昶入宋。吳曾《能改齋漫錄》卷十六：「徐匡璋納女於昶，拜貴妃，別號花蕊夫人。意花不足擬其色，似花蕊翾輕也。又升號慧妃，以號如其性也。王師下蜀，太祖聞其名，命別護送。途中作詞自解曰：『初離蜀道心將碎，離恨綿綿。春日如年，馬上時時聞杜鵑。三千宮女皆花貌，妾最嬋娟。此去朝天，只恐君王寵愛偏。』陳無己以夫人姓費，誤也。」

摩訶池：建於隋代，在成都。五代前蜀時，改名龍躍池、宣華池；其後浚廣池水，於水邊築殿亭樓閣，改名宣華苑。今四川成都郊外昭覺寺，傳是它的故址。摩訶，梵語，有大、多、美好等義。

洞仙歌令：據楊繪《本事曲》載，原詞爲：「冰肌玉骨清無汗。水殿風來暗香滿。簾開明月獨窺人，敧枕釵橫雲鬢亂。 起來瓊戶啓無聲，時見疏星渡河漢。屈指西風幾時來，只恐流年暗中換。」依律實爲〈玉樓春〉。可是，沈雄《古今詞話》認爲這首詞是「東京人士檃括東坡〈洞仙歌〉爲〈玉樓春〉，以記摩訶池上之事。」看來孟詞可能另有一首，未傳下來。

乃爲足之：謂在原作兩句的基礎上補寫完畢。

冰肌玉骨：形容肌骨像冰一樣的清淨，像玉一樣的潤澤。《莊子・逍遙遊》：「藐姑射之山，有神人居焉，肌膚若冰雪，綽約若處子。」

水殿：建築在水上的宮殿。

暗香：此指荷花香味。徐陵〈奉和簡文帝山齋〉：「荷開水殿香。」王昌齡〈西宮夜怨〉：「芙蓉不及美人妝，水殿風來珠翠香。」李白〈口號吳王美人半醉〉：「風動荷花水殿香。」

敧枕：斜倚枕頭。

河漢：天河、銀河。

夜如何：夜有多深。《詩・小雅・庭燎》：「夜如何其，夜未央。」

金波：金色的波浪，指月光。《漢書・禮樂志・郊祀歌》：「月穆穆以金波。」形容月光如泛金的波流。

玉繩低轉：表示夜深。玉繩，星名，在北斗第五星玉衡的北面。低轉，位置低落了些。謝朓〈暫使下都夜發新林至京邑贈西府同僚〉：「金波麗鳷鵲，玉繩低建章。」

但屈指三句：謂天氣炎熱，屈指計算著秋天何時到來，卻沒想到在不知不覺間年華似水已在暗中偷換了時光。屈指，用手指計算事物的數量。西風，秋風。不道，猶不曾察覺、沒有想到，張相《詩詞曲語辭匯釋》卷四：「不道，猶云不知也；不覺也；不期也。」流年，如流水般消逝的時間。東坡〈秋懷二首〉其一：「苦熱念西風，常恐來無時。」

黃蘇《蓼園詞評》：「東坡『明月幾時有』、『冰肌玉骨』二篇，……皆清空中出意趣，無筆力者難為。」

鄭文焯《手批東坡樂府》：「坡老改添此詞數字，誠覺氣象萬千，其聲亦如空山鳴泉，琴筑競奏。」

周汝昌評曰：「當大熱之際，人為思涼，誰不渴盼秋風早到，送爽驅炎？然而於此之間，誰又遑計夏逐年消，人隨秋老乎？……流光不待，即在人的想望追求中而偷偷逝盡矣！當朱氏老尼追憶幼年之事，昶、蕊早已無存，而當東坡懷思製曲之時，老尼又復安在？當後人讀坡詞時，坡又何處？」

鄭騫《詞選》：「此詞似頗有名，然淡而無味，尚不及〈卜算子〉有靜穆之致也。」

念奴嬌　赤壁懷古

大江東去，浪淘盡、千古風流人物。故壘西邊，人道是、三國周郎赤壁。亂石崩雲，驚濤裂岸，捲起千堆雪。江山如畫，一時多少豪傑。　遙想公瑾當年，小喬初嫁了，雄姿英發。羽扇綸巾，談笑間、強虜灰飛煙滅。故國神遊，多情應笑我，早生華髮。人生如夢，一尊還酹江月。

作於元豐五年七月。按：傅藻《東坡紀年錄》謂此詞與〈前赤壁賦〉同作於元豐五年七月。惟鄭騫《詞選》云：「東坡在黃五年，此詞作於何時，殊難考定。《紀年錄》之說，恐只是根據〈赤壁賦〉；其實五年之中，固未必僅於壬戌七月一游赤壁也。」然據內在情意推測應屬元豐五年之作，約在〈前赤壁賦〉前。

赤壁：詞意所懷者，乃周瑜破曹操之所在，實即黃州黃岡城外之赤鼻磯也。按：鄭騫《詞選》云：「周瑜赤壁破曹及大小二喬事，世所習知。赤壁山有四，皆在今湖北省境。一在嘉魚縣，即周瑜破曹操處；二在黃岡縣，即東坡曾游者；三在武昌縣；四在漢陽縣。《東坡雜記》云：『黃州少西，山麓斗入江中，石色如丹，相傳所謂赤壁者；或曰非也。曹公敗歸，由華容路，今赤壁少西對岸即華容鎮，庶幾是也。然岳州亦有華容縣，未知孰是。』可知東坡亦未確認黃州赤壁即破曹處，故用『人道是』三字。」

大江：指長江。

浪淘：白居易〈浪淘沙〉：「白浪茫茫與海連，平沙浩浩四無邊。暮去朝來淘不住，遂令東海變桑田。」淘，沖洗。

風流人物：指才情特出，聲名爲群眾所企慕不及的人物。風流，凡人有如風之逸，如水之流，優美而足以動人之姿者。

故壘：舊時駐軍防守之營舍。

周郎：周瑜。《三國志・吳書九・周瑜傳》：「周瑜，字公瑾，廬江舒人也。……瑜長壯有姿貌。……（孫）策與瑜同年，獨相友善。……是歲，建安三年也。策親自迎瑜，授建威中郎將，即與兵二千人，騎五十匹。瑜時年二十四，吳中皆呼爲周郎。」

亂石崩雲：言山石險峻挺拔，如沖雲而上，有使其崩裂之勢。「崩雲」，一作「穿空」。

驚濤裂岸：言波濤以驚人之勢擊裂江岸。「裂岸」，一作「拍岸」、「掠岸」。

千堆雪：形容江水與江岸礁石相激而飛濺的白浪花。雪，比喻浪花。

小喬：周瑜的妻子。喬是姓，史作橋。當時，喬玄有二女，容貌美麗，人稱大、小喬。大喬嫁孫策，小喬嫁周瑜。《三國志・吳書九・周瑜傳》：「策欲取荊州，以瑜爲中護軍，領江表太守，從攻皖，拔之，時得橋公兩女，皆國色也。策自納大橋，瑜納小橋。」小喬嫁給周瑜時在建安三年（一九八）或四年（一九九），周瑜約二十四、五歲，赤壁之戰在建安十三年（二〇八），周瑜三十四歲，結婚已十年。此言初嫁，是爲突出其風流倜儻、少年得志。

雄姿英發：謂姿容威武雄壯，才華橫溢。英發，英氣勃發，指談吐不凡，識見卓越。東坡〈送歐陽推官赴華州監酒〉：「知音如周郎，議論亦英發。」

羽扇綸巾：手揮長毛羽扇，頭戴絲帶製的便巾。這是三國兩晉時名士之便裝而非戎服，後遂以形容人之輕便灑脫，風度瀟灑。羽扇，用白鳥羽翮做成的扇子。綸巾，古代一種配有青絲帶的頭巾。

強虜：強大橫暴的敵人，指曹軍。一作「檣櫓」，船（戰艦）的代稱。檣是船上掛帆的桅杆，櫓是划船的槳。

故國神遊：指神遊舊地、古戰場。俞平伯《唐宋詞選釋》：「故國，本意爲舊都，這裡不過說舊地，古代戰爭的所在。」神遊，足跡未到而心神如遊其地，猶言神往。

多情句：即「應笑我多情」之倒裝。華髮，花白的頭髮。俞平伯《唐宋詞選釋》：「這是倒裝句法。『多情應笑我，早生華髮』，即『應笑我多情，早生華髮』也。華髮，斑白的頭髮。誰在笑？是自己笑，卻不曾說呆了，與上文年少周郎雄姿英發等等，雖不一定對比，亦相呼應。劉駕〈山中夜坐〉：『誰遣我多情，壯年無鬢髮。』」劉若愚《北宋六大詞家》：「這首詞顯現了一些句法的靈活性及曖昧性。……有些注釋者願意把多情解釋作『多情的人』，作爲『應笑』的主詞；這兩行就該解釋作『多情的人會笑我白髮如此早生』。作這樣解釋的注釋者，更進一步的認爲這『多情的人』是詩人去世的妻子，或者也有人說是指英雄周瑜。前者的指認太牽強了，因爲對詩人的去世妻子的回憶，和這首詞的主旨及風格並沒有特殊的關連。至於後者，也似非必要，因爲年輕、成功的英雄周瑜與中年受挫的詩人之間的對照至為明顯，用不著再讓英雄嘲笑詩人了。」

一尊句：謂舉起一杯酒，傾灑在月光照耀的江水中。尊，酒器。酹，把酒澆在地上表示祭奠。

胡仔《苕溪漁隱叢話》前集卷五十九：「東坡『大江東去』赤壁詞，詞意高妙，真古今絕唱。」

元好問〈題閑閑書赤壁賦後〉：「夏口之戰，古今喜稱道之。東坡赤壁詞殆戲以周郎自況也。詞纔百餘字，而江山人物無復餘蘊，宜其為樂府絕唱。」

王世貞《藝苑卮言》：「昔人謂銅將軍鐵綽板唱蘇學士『大江東去』，十七八歲好女子唱柳屯田『楊柳外曉風殘月』，為詞家三昧。然學士此詞，亦自雄壯，感慨千古，果令銅將軍於大江奏之，必能使江波鼎沸。至詠楊花〈水龍吟慢〉，又進柳妙處一塵矣。」

徐釚《詞苑叢談》卷三：「蘇東坡『大江東去』，有銅將軍鐵綽板之譏，柳七『曉風殘月』，謂可令十七八女郎按紅牙檀板歌之，此袁綯語也，後人遂奉為美談。然僕謂東坡詞自有橫槊氣概，固是英雄本色，柳纖艷處亦麗以淫耳。」

黃蘇《蓼園詞評》：「題是懷古，意謂自己消磨壯心殆盡也。開口『大江東去』二句，歎浪淘人物，是自己與周郎俱在內也。『故壘』句至次闋『灰飛煙滅』句，俱就赤壁寫周郎之事。『故國』三句，是就周郎拍到自己。『人生似夢』二句，總結以應起二句。總而言之，題是赤壁，心實為己而發。周郎是賓，自己是主。借賓定主，寓主於賓。是主是賓，離奇變幻，細思方得其主意處。不可但誦其詞，而不知其命意所在也。」

陳廷焯《詞則・大雅集》卷二：「滔滔莽莽，其來無端。大筆摩天是東坡氣概過人處，後人刻意摹仿，鮮不失之叫囂矣。」

念奴嬌　中秋

憑高眺遠，見長空萬里，雲無留跡。桂魄飛來光射處，冷浸一天秋碧。玉宇瓊樓，乘鸞來去，人在清涼國。江山如畫，望中煙樹歷歷。　我醉拍手狂歌，舉杯邀月，對影成三客。起舞徘徊風露下，今夕不知何夕。便欲乘風，翻然歸去，何用騎鵬翼。水晶宮裡，一聲吹斷橫笛。

作於元豐五年中秋。按：王文誥《蘇文忠公詩編年集成總案》卷二一：「（元豐五年壬戌）八月十五日，作〈念奴嬌〉詞。」

桂魄：指月。古人稱月體爲魄。相傳月中有桂樹，故稱。王維〈秋夜曲〉：「桂魄初生秋露微，輕羅已薄未更衣。」

冷浸句：謂整個秋空都沉浸在清冷的月光中。

乘鸞兩句：謂月宮中有仙人乘鸞鳥來往飛行。舊題唐柳宗元《龍城錄》載，唐玄宗一次遊月言：「見有素娥十餘人，皆皓衣，乘白鸞，往來舞笑於廣陵大桂樹之下。」鸞，傳說中的一種神鳥，似鳳凰。《說文解字．鳥部》：「鸞，赤神靈之精也。赤色，五采，雞形，鳴中五音，頌聲作則至。」《山海經．西山經》：「有鳥焉，其狀如翟而五采文，名曰鸞鳥，見則天下安寧。」清涼國，指月宮。月宮又稱廣寒宮。

歷歷：清楚明白，分明可數。崔顥〈黃鶴樓〉：「晴川歷歷漢陽樹。」

我醉三句：化用李白〈月下獨酌〉之「舉杯邀明月，對影成三人」詩意。

便欲三句：言想要乘著風就飛回月宮去，又哪需要騎大鵬鳥。《莊子．逍遙遊》：「夫列子御風而行，泠然善也。」鵬翼，亦出自《莊子．逍遙遊》：「鵬之背，不知其幾千里也。怒而飛，其翼若垂天之雲。……鵬之徙於南冥也，水擊三千里，摶扶搖而上者九萬里。」

水晶宮：指光亮晶瑩的月宮。《蘇軾詩集》卷二三〈廬山二勝〉之一：「蕩蕩白銀闕，沉沉水晶宮。」施注引《逸史》：「盧杞嘗騰上碧宮，見宮闕樓臺，皆以水晶爲墻，有女子謂曰：『此水晶宮也。』」毛文錫〈月宮春〉：「水晶宮裡桂花開，神仙探幾回。」歐陽修〈內直對月〉：「水晶宮鎖黃金闕，故比人間分外寒。」

吹斷：謂吹簫盡興而達極致。張相《詩詞曲語辭匯釋》：「斷，猶盡也，煞也，極也。」

楊慎批點《草堂詩餘》卷四：「東坡中秋詞，〈水調歌頭〉第一，此詞第二。」

李攀龍《新刻題評名賢詞話草堂詩餘》卷五：「坡公襟懷寥廓，與上下同流，故其詞吐清雅飄逸，至今誦之，令人翩翩然，有羽化登仙之態。」

定風波　詠紅梅

好睡慵開莫厭遲，自憐冰臉不時宜。偶作小紅桃杏色，閒雅，尚餘孤瘦雪霜姿。

休把閒心隨物態，何事，酒生微暈沁瑤肌。詩老不知梅格在，吟詠，更看綠葉與青枝。

元豐五年東坡因讀石延年〈紅梅〉詩有感而作〈紅梅三首〉，此詞是檃括〈紅梅三首〉之一而成。原詩云：「怕愁貪睡獨開遲，自恐冰容不入時。故作小紅桃杏色，尚餘孤瘦雪霜姿。寒心未肯隨春態，酒暈無端上玉肌。詩老不知梅格在，更看綠葉與青枝。」詞的寫作應晚於〈紅梅三首〉，惟確切時間未詳，姑且繫於本年。

紅梅：范成大《范村梅譜》：「紅梅，粉紅色。標格猶是梅，而繁密則如杏，香亦類杏。詩人有『北人全未識，渾作杏花看』之句。與江梅同開，紅白相映，園林初春絕景也。」

好睡句：謂不要嫌紅梅開花遲，它就是太貪睡了，懶得開花。

自憐句：謂紅梅暗自擔憂，若開白花，色如冰霜，如人之臉色嚴冷，必然不為世俗所喜。不時宜，即不合時宜。

偶作二句：承前句，謂紅梅略為展露如桃花、杏花那樣的淡紅色，嫺靜優雅，卻仍保留梅花獨有的孤高瘦硬、傲雪凌霜的姿態。小紅，淡紅。杜甫〈江雨有懷鄭典設〉：「寵光蕙葉與多碧，點注桃花舒小紅。」

休把二句：謂紅梅本具雪霜之質，不隨俗作態媚人，雖呈紅色，形類桃杏，但只不過就像美人喝了些酒，如玉般的肌膚泛著微微的暈紅，卻未曾墮其高潔之本性。隨物態，追隨世俗情態，此指桃杏嬌柔媚人之態。瑤肌，如玉般的肌膚。

詩老：指宋初詩人石延年，字曼卿，眞宗時進士，爲人尚氣，縱酒不羈。石曼卿年輩高於東坡，故稱詩老。

梅格：指紅梅的氣質、風度。

綠葉與青枝：石延年〈紅梅〉詩說：「認桃無綠葉，辨杏有青枝。」意謂紅梅與桃花的分別，在於梅花開時沒有葉，而桃花開時枝端已有葉芽或嫩葉；紅梅與杏花的分別，在於梅的小枝細長，枝端尖，呈綠色，而杏的小枝則是褐色或紅褐色。在此，東坡認爲石延年只由青枝綠葉之有無來辨認紅梅與桃杏的差別，是皮相之見，批評他不知道品格精神才是關鍵。《東坡題跋》卷三〈評詩人寫物〉條曰：「若石曼卿〈紅梅〉詩云：『認桃無綠葉，辨杏有青枝。』此至陋語，蓋村學中體也。」

劉熙載《詞概》：「東坡〈定風波〉云：『尚餘孤瘦雪霜姿。』〈荷華媚〉云：『天然地、別是風流標格。』『雪霜姿』、『風流標格』，學坡詞者，便可從此領會。」

（三）黃州後期

臨江仙　夜歸臨皋

夜飲東坡醒復醉，歸來彷彿三更。家童鼻息已雷鳴。敲門都不應，倚杖聽江聲。
長恨此身非我有，何時忘卻營營。夜闌風靜縠紋平。小舟從此逝，江海寄餘生。

作於元豐六年（一〇八三）四月。

臨皋：即臨皋亭，在湖北黃岡縣南，長江北岸，東坡貶黃時寓居之處。按：東坡自元豐三年五月自定慧院遷居臨皋，五年春於東坡築雪堂，但仍居臨皋。

東坡：此指地名。元豐四年，馬夢得爲東坡請得舊營地數十畝，讓他耕種。因地在黃岡城東的山坡下，故取名東坡，並自號東坡居士。元豐五年春，築屋五間於此，因成於大雪中，周圍畫雪，故名雪堂。此言「夜飲東坡」，應指雪堂也。按：白居易爲忠州刺史，有〈東坡種花〉、〈步東坡〉等詩。據周必大《二老堂詩話》，蘇軾「謫居黃州，始號東坡，其原必起於樂天忠州之作也。」

家童：即家僮，書僮。

鼻息雷鳴：言鼾聲如雷，謂已熟睡。

長恨此身非我有：謂痛恨自己一直以來都受著外物所支配，弄到身不由己，無法自主。《莊子・知北遊》：「舜問乎丞曰：『道可得而有乎？』曰：『汝身非汝有也，汝何得有夫道？』舜曰：『吾身非吾有也，孰有之哉？』曰：『是天地之委形也；生非汝有，是天地之委和也；性命非汝有，是天地之委順也……。」東坡〈題淵明詩二首〉之二云：「『秋菊有佳色，裛露掇其英。泛此無憂物，遠我遺世情。一觴聊獨進，杯盡壺自傾。日入群動息，飛鳥趨林鳴。嘯傲東窗下，聊復得此生。』靖節以無事自適爲得此生，則凡役於物者，非失此生耶？」

營營：往來頻繁的樣子。這裡指爲名利而忙碌奔走。

縠紋：水面波紋如縐紗。縠，有縐紋的紗。

小舟二句：意謂駕一葉扁舟，隨波流逝，任意東西，將自己有限的生命融入無限的大自然之中。略有陶潛詩「縱浪大化中，不喜亦不懼」之意。

俞陛雲《唐五代兩宋詞選釋》：「前首（指〈臨江仙・送錢穆父〉）因送友而言我亦逆旅中行人之一，語極曠達。次首方寫江上夜歸情景，忽欲扁舟入海，此老胸次，時有絕塵霞舉之思。〈臨江仙〉調凡十二首，此二首最為高朗。」

附錄：葉夢得《避暑錄話》卷上：「子瞻在黃州……與數客飲江上，夜歸，江面際天，風露浩然，有當其意，乃作歌辭，所謂『夜闌風靜縠紋平。小舟從此逝，江海寄餘生』者，與客大歌數過而散。翌日，喧傳子瞻夜作此辭，挂冠服江邊，拏舟長嘯去矣。郡守徐君猷聞之驚且懼，以為州失罪人，急命駕往謁，則子瞻鼻鼾如雷，猶未興也。然此語卒傳至京師，雖裕陵（神宗）亦聞而疑之。」

滿庭芳 有王長官者，棄官黃州三十三年，黃人謂之王先生。因送陳慥來過余，因為賦此。

三十三年，今誰存者，算只君與長江。凜然蒼檜，霜幹苦難雙。聞道司州古縣，雲溪上、竹塢松窗。江南岸，不因送子，寧肯過吾邦。　摐摐。疏雨過，風林舞破，煙蓋雲幢。願持此邀君，一飲空缸。居士先生老矣，真夢裡、相對殘釭。歌舞斷，行人未起，船鼓已逢逢。

作於元豐六年。是年四月，徐君猷去官，楊君素來代。五月，楊繪遣其弟來議買田，陳慥報荊南莊田同王長官來。朱本即編元豐六年五月。

王長官：名字不詳。據考，王曾為湖北黃陂縣令。黃陂與麻城相鄰，王先生棄官之後就住在兩縣之間的鄉里。

黃人：指黃州百姓。

陳慥：字季常，別號方山子，四川眉州人，陳希亮第四子。嘉祐八年（一〇六三）東坡任鳳翔簽判時，陳希亮來任知州，東坡即與陳慥交往，事詳東坡〈方山子傳〉。

凜然二句：謂王先生的品格猶如孤傲經霜的蒼檜一樣凜然不可侵犯，眞是世間少有。蒼檜，猶言老檜。霜幹，傲霜的枝幹。苦，極甚之辭。難雙，難以成雙。苦難雙，很難再找到第二人了。

司州古縣：指湖北黃陂縣。唐武德初，以黃陂縣置南司州。王長官時居黃陂。接著的「雲溪上」二句即寫王之居所。

竹塢松窗：此指王長官的家周遭高處種滿竹子，窗外也遍植松樹，寫其居住環境之簡素高雅，並以松竹喻其品格。塢，泛指四周高而中央低的地方。

江南岸三句：是說王先生如不是爲了送陳慥去江南，是不會前來我居住的黃岡縣的。子，此指陳慥。寧，豈也。過，拜訪、看望。吾邦，我住的地方，代指黃州。

摐摐：撞擊。摐，音ㄔㄨㄤ，撞也。此形容雨聲。

疏雨過三句：謂陣雨剛過，清風吹來，吹散了山林間環繞的雲煙。煙蓋雲幢，煙如車蓋，雲似帷幕，是形容疏雨後，山林水氣未散前，依然瀰漫的雲霧。蓋，車蓋。幢，張掛在舟、車上的帷幔，此指車帘。另一說法是，乃寫王先生於風雨過後翩然乘車而至，籠罩在他的車蓋、車帘上的煙霞已被風吹散。

空缸：謂把酒喝光。缸，容器，圓形、寬口、腹大、底小。這裡指陶製之酒器。

居士：指東坡居士，作者自稱。

殘釭：殘燈。釭，音ㄍㄤ，燈也。

歌聲斷三句：謂歌聲剛歇，行人未起，卻已聞開船的鼓聲催客動身了。逢逢，鼓聲，開船的信號。唐宋時江行發船例擊鼓。《集韻》：「逢音蓬，鼓聲也」。

鄭文焯《手批東坡樂府》：「健句入詞，更奇峰鬱起，此境匪稼軒所能夢到。不事雕鑿，字字蒼寒，如空巖霜幹，天風吹墮頗黎地上，鏗然作碎玉聲。」

水調歌頭　黃州快哉亭贈張偓佺

落日繡簾捲，亭下水連空。知君為我新作，窗戶溼青紅。長記平山堂上，攲枕江南煙雨，渺渺沒孤鴻。認得醉翁語，山色有無中。　一千頃，都鏡淨，倒碧峰。忽然浪起，掀舞一葉白頭翁。堪笑蘭臺公子，未解莊生天籟，剛道有雌雄。一點浩然氣，千里快哉風。

作於元豐六年閏六月。

快哉亭：張偓佺在其宅西南長江邊築亭，作爲陶冶性情之所。東坡爲其取名「快哉」，子由作〈黃州快哉亭記〉，曰：「江出西陵，始得平地，其流奔放肆大。南合沅、湘，北合漢沔，其勢益張。至於赤壁之下，波流浸灌，與海相若。清河張君夢得謫居齊安，即其廬之西南爲亭，以覽觀江流之勝，而余兄子瞻名之曰『快哉』。」

張偓佺：又字夢得，即張懷民，清河（河北南宮）人，時亦謫居黃州。

窗戶句：謂窗戶剛塗上青的和紅的油漆，色澤鮮潤。

平山堂：在江蘇揚州，爲歐陽修所建。詳〈西江月・平山堂〉注。

認得二句：謂能體會歐陽修所說「山色有無中」之意境。認得，懂得，體會到。歐陽修〈朝中措〉：「平山欄檻倚晴空，山色有無中。」

一千頃三句：言江面開闊，波平如鏡，碧綠山峰倒映水中。頃，量詞，表示面積的單位。在公制中一頃等於一百畝。此謂「一千頃」乃形容江面之遼闊，非實數。

忽然二句：忽然起了風浪，老船夫駕著的小船在浪裡顛簸翻騰。掀舞，風浪掀動，使飛舞。一葉，指一條小船。白頭翁，指白髮老船夫。

堪笑三句：可笑宋玉這人，不懂得莊子所說的天籟，硬說風有雌雄之別。堪笑，可笑。蘭臺公子，指宋玉，他曾任蘭臺令。天籟，發於自然的神妙音響，指不藉任何人爲所產生的聲音，不同於地籟（風吹大地孔穴發出的聲響）、人籟（人所發出的聲響，如簫笛之聲），見《莊子・齊物論》。剛道，硬說，偏說是。雌雄，這裡特指雌雄二風。宋玉〈風賦〉寫宋玉等人陪同楚襄王遊蘭臺之宮，忽然刮起風來，楚襄王披襟當風說：「快哉此風，寡人所與庶人共者邪？」宋玉說：「此獨大王之風耳，庶人安得而共之！」楚王不理解是甚麼意思，宋玉於是解釋說：「大王之風」經過園林宮室，帶著花草香氣，清清泠泠的，可治病解酒，「發明耳目，寧體便人」的，就是「所謂大王之雄風也」。而「庶人之風」，則起於窮巷之間，帶著汙濁穢氣，足以使人「中心慘怛，生病造熱」的，就是「所謂庶人之雌風也」。

一點二句：言只要人胸中有一點浩然之氣，坦然自適，在任何境遇中，便能處之泰然，無入而不自得，也就能領略千里涼風吹來的那種快意。浩然氣，指正氣，正大剛直的精神。語出《孟子・公孫丑上》：「我知言，我善養吾浩然之氣。……其爲氣也，至大至剛，以直養而無害，則塞於天地之間。」蘇轍〈黃州快哉亭記〉云：「夫風無雌雄之異，而人有遇不遇之變；楚王之所以爲樂，與庶人之所以爲憂，此則人之變也，而風何與焉？士生於世，使其中不自得，將何往而非病？使其中坦然，不以物傷性，將何適而非快？」

楊慎批點《草堂詩餘》卷一：「結句雄奇，無人敢道。」

黃蘇《蓼園詞評》：「前闋從『快』字之意入，次闋起三語承上闋寫景，『忽然』二句一跌，以頓出末二句來，結處一振，『快』字之意方足。」

鄭文焯《手批東坡樂府》：「此等句法，使作者稍稍矜才使氣，便流入粗豪一派。妙能寫景中人，用生出無限情思。」

俞陛雲《唐五代兩宋詞選釋》：「快哉亭與平山堂皆擅登臨之勝，故聯想及之。轉頭處五句及上闋『攲枕』四句想見江湖豪興，其語氣清快，如以并刀削哀梨也。」

鷓鴣天

林斷山明竹隱牆，亂蟬衰草小池塘。翻空白鳥時時見，照水紅蕖細細香。　村舍外，古城旁，杖藜徐步轉斜陽。殷勤昨夜三更雨，又得浮生一日涼。

作於元豐六年夏。按：傅幹《注坡詞》謂「東坡調黃州時作此詞，眞本藏林子敬家。」茅維《蘇東坡全集》本亦有此題，「調」作「謫」。毛本調名下題作「時謫黃州」。

林斷句：謂樹林盡處，山色明朗，竹叢遮隱著屋舍牆院。

翻空：在空中翻飛。

蕖：即芙蕖，荷花之古稱。

杖藜：拄著手杖。藜，莖堅老者可以爲杖，此指藜杖。杜甫〈絕句漫興九首〉其五：「腸斷江春欲盡頭，杖藜徐步立芳洲。」

殷勤：懇切、周到。此處乃謂雨能體貼人意，下得及時。

浮生：指人生，古人以爲人生世事虛浮不定，故稱。語本《莊子．刻意》：「其生若浮，其死若休。」李白〈春夜宴從弟桃李園序〉：「而浮生若夢，爲歡幾何？」

鄭文焯《手批東坡樂府》：「淵明詩：『嘯傲東軒下，聊復得此生。』此詞從陶詩中得來，逾覺清異，較『浮生半日閒』句，自是詩詞異調。論者每謂坡公以詩筆入詞，豈審音知言者？」按：李涉〈題鶴林寺僧舍〉：「因過竹院逢僧話，又得浮生半日閒。」

俞陛雲《唐五代兩宋詞選釋》：「情真景真，隨手寫來，盎然天趣。結尾二句較『一雨虛齋三日涼』詩，尤耐吟諷。」按：陸游〈西齋雨後〉：「百年浮世幾人樂，一雨虛齋三日涼。」

西江月　重陽棲霞樓作

點點樓頭細雨，重重江外平湖。當年戲馬會東徐，今日淒涼南浦。　莫恨黃花未吐，且教紅粉相扶。酒闌不必看茱萸，俯仰人間今古。

作於元豐六年九月九日。按：諸本多以爲是送別徐君猷之作，然君猷已於是年五月（一說八月）離黃矣。

棲霞樓：在黃岡縣西南。詳〈南鄉子〉（霜降水痕收）一首「涵輝樓」注。

當年句：回憶在徐州度重陽時的歡樂。戲馬，即戲馬臺，在江蘇徐州東南二里，相傳爲項羽所建。據《水經・泗水注》，項羽時原名涼馬臺，近刻訛作掠馬臺，後又稱戲馬臺。晉安帝義熙十二年（四一六），宋公劉裕北征，重陽日會僚屬於此，賦詩爲樂，以後相沿成俗。見《南齊書・禮志》。此處當指元豐元年在徐州與王鞏的唱和，有〈九日次韻王鞏〉詩記其事。東徐，指徐州彭城。東坡數年前曾任徐州知州。傅幹《注坡詞》：「東徐，彭城也。《南史》：『宋武帝爲宋公，在彭城，九月九日出項羽戲馬臺，至今相承，以爲故事。』」

江外：指長江南岸。

南浦：泛指送別之地。《楚辭・九歌・河伯》：「子交手兮東行，送美人兮南浦。」江淹〈別賦〉：「送君南浦，傷如之何。」

黃花未吐：謂菊花尚未開放。黃花，即菊花。吐，指吐蕊。古時重陽節有賞菊、飲菊花酒的習俗。

紅粉：女子妝飾時所用的胭脂、鉛粉，可用以比喻女子。此指餞別時侍宴的歌女。

酒闌二句：謂筵席將散，不必去看茱萸囊，不必想著驅邪避禍、求長壽，古往今來千百年其實也都不過是短如一低頭一仰首的瞬間而已。茱萸，植物名，其味香烈，可入藥，重陽節有佩茱萸囊辟邪、求長壽的習俗。《西京雜記》卷三：「九月九日，佩茱萸，食蓬餌，飲菊花酒，令人長壽。」俯仰，一低首一抬頭之間，即瞬間。王羲之〈蘭亭集序〉：「俯仰之間，已成陳跡。」

張綖《草堂詩餘後集別錄》：「〈西江月〉尾句『酒闌不必看茱萸，俯仰人間今古』，翻老杜詩句，則意度曠達，超越千古矣。」按：杜甫〈九日藍田崔氏莊〉：「明年此會知誰健，醉把茱萸仔細看。」

滿庭芳

元豐七年四月一日，余將去黃移汝，留別雪堂鄰里二三君子。會李仲覽自江東來別，遂書以遺之。

歸去來兮，吾歸何處，萬里家在岷峨。百年強半，來日苦無多。坐見黃州再閏，兒童盡、楚語吳歌。山中友，雞豚社酒，相勸老東坡。　云何。當此去，人生底事，來往如梭。待閒看秋風，洛水清波。好在堂前細柳，應念我、莫剪柔柯。仍傳語，江南父老，時與曬漁蓑。

作於元豐七年（一〇八四）四月。

去黃移汝：謂離開黃州，量移汝洲（河南臨汝）。按：元豐七年，東坡改爲汝州團練副使、本州安置。

會李仲覽句：當時楊繪知興國軍（宋時屬江南西道，領永興、大冶、通山三縣，治所在永興，今湖北省陽新縣。永興，舊名富川），派當地人李翔（字仲覽）去黃州探望東坡，並邀請他赴汝途中往遊其地。王質《雪山集》卷七〈東坡先生祠堂記〉云：「先生以元豐七年別黃，……見詞『好在堂前楊柳，應念我莫剪柔柯』者是，今載集。楊元素起爲富川，聞先生自黃移汝，欲順大江逆西川，適筠見子由，令富川弟子員李翔要先生道富川。〈滿庭芳〉序所謂『會李仲覽自江南來』者是。案：『江南』集作『江東』。今藏下雉李氏。先生自臨臯渡武昌……。至富川，……見詞「緑槐高柳咽新蟬」者是……。先生自富川趣高安，與元素濃醉解別。」會，適、值，恰好。江東，指湖北陽新，在黃州東面。

遺：音ㄨㄟˋ，贈送、給予。

歸去來兮：即「回去吧」的意思。陶淵明〈歸去來辭〉：「歸去來兮，田園將蕪，胡不歸？」來，語助詞，無義。

岷峨：指岷山、峨嵋山。四川境內岷山山脈北支，峨嵋山傍其南。而東坡家在眉山，距峨嵋甚近，故常以之代指家鄉。

百年兩句：謂人生已過了一大半，未來的時光不多了。百年，古人習以百歲代表人壽之極至，所以百年用以指人的一生。強半，大半、將近一半。東坡〈山村五絕〉：「贏得兒童語音好，一年強半在城中。」范成大〈玉麟堂會諸司觀牡丹酴醾三絕〉之三：「浮生滿百今強半，歲歲看花得幾回？」韓愈〈除官赴闕至江州至鄂岳李大夫〉：「年皆過半百，來日苦無多。」時韓愈年五十三，故云「過半百」。東坡此時僅四十九歲，故云「百年強半」，乃約數。苦，甚、極之意。

坐見句：謂在黃州就這樣無所事事的過了兩個閏年。東坡於元豐三年二月到黃州，元豐七年四月離開，歷時四年又兩個月，其中經歷了元豐三年閏九月、元豐六年閏六月的兩次閏年。坐見，坐視，徒然看著，空過了的意思。張相《詩詞曲語辭匯釋》：「坐，猶徒也、空也、枉也。坐見，猶云坐視，即徒然視之不爲設法，或徒然視之無從設法也。此則爲無從設法意。」

楚語吳歌：指黃州當地的方言和歌謠。黃州在戰國時屬楚國，三國時屬吳國。

社酒：社日祭祀時飲用的酒。古代農村習俗，春秋祭祀土地神之日，鄰里間相邀飲宴。

老東坡：猶言終老於東坡。老，這裡作動詞用，終老。

云何：該說甚麼呢。

底事：何事、甚麼事。

來往如梭：意思是來去不停，像織布機上的梭子似的。形容來往頻繁。亦可比喻日子消逝得很快，時光像梭子一樣的快速運轉，來去匆促。梭，織布時用來牽引橫線的器具，兩頭尖，中間粗，絲束放於中空部分。

待閒看二句：言將會悠閒地欣賞洛水秋色。意即接受量移汝州的安排。賈島〈江上憶吳處士〉云：「秋風吹渭水，落葉滿長江。」洛水，今河南洛河，源出陝西，經洛陽，於偃師合伊河，至鞏縣入黃河。東坡量移汝州，汝州在今河南臨汝，相距不遠。

好在句：言雪堂前枝細葉嫩的柳樹別後也應青青依舊。張相《詩詞曲語辭匯釋》：「好在，存問之辭。翫其口氣，彷彿『好麼』，用之既熟，則轉而義如『無恙』，又轉而不爲存問口氣，義如『依舊』矣。」堂前細柳，傅幹《注坡詞》：「公手植柳於東坡雪堂之下。」

莫剪柔柯：不要剪去柔嫩的枝條。柔柯，細枝，此指柳條。鄒同慶、王宗堂《蘇軾詞編年校注》：「《詩·召南·甘棠》：『蔽芾甘棠，勿剪勿伐，召伯所茇。』張籍：『顧託戲童兒，勿折吾柔柯。』此蘇軾借來作比，言黃州人應顧念我們的友誼，不要折我雪堂前手植的細柳。」

仍傳語三句：謂自己不時仍會傳話，請江南父老爲我曬曬釣魚時披戴的蓑衣。言外指自己還會再來，以表惜別難忘之意也。江南父老，乃指東坡謫居黃州時結交的當地百姓，即序文所言「鄰里二三君子」。

俞陛雲《唐五代兩宋詞選釋》：「東坡在黃州，寒食開海棠之宴，秋江泛赤壁之舟，歷五年之久，臨別依依。『坐見』以下四句及『細柳』以下四句，情意真切，屬辭雅逸，便成佳構。」

劉永濟《唐五代兩宋詞簡釋》：「此詞乃東坡別黃州鄰里父老所作。首用淵明〈歸去來辭〉，表示思歸西蜀故里，但移汝乃君命，此時仍在待罪之中，不能自由歸去也。次言在黃州久與其地鄰里友愛甚洽，表示不忍別去之意。下半闋言不得不去，因歎人生無定，來往如梭。末則留戀黃州雪堂也。漁蓑乃東坡在雪堂釣魚所服。全首詞氣和平，情致溫厚，如見此老當日情事。蓋東坡被罪謫黃，人皆知其冤，黃州父老皆敬愛之，故臨去有此依依之情也。」

鄭騫〈成府談詞〉：「王國維《人間詞話》云：『東坡之詞曠，稼軒之詞豪。』拈出豪曠二字，與白雨齋持論暗合。予謂：曠者能擺脫，故蘇詞寫情感每從窄處轉向寬處。豪者能擔負，故辛詞每從寬處轉向窄處。蘇〈滿庭芳〉『歸去來兮，吾歸何處，萬里家在岷峨』一首，是曠之例證。辛〈沁園春〉『老子平生，笑盡人間，兒女恩怨』一首，是豪之例證。」

鄭騫〈漫談蘇辛異同〉：「這首詞開首幾句相當悲涼，是東坡詞中比較少見的情調。但是，『坐見黃州再閏，兒童盡、楚語吳歌。』田夫野老，社酒雞豚，已竟安之若素了，卻又要離開這裡。『云何、當此去，人生底事，來往如梭。』這時他確有很深的感慨：『此生飄蕩何時歇！』『直恐終身走道途。』可是，他輕輕一轉，寫出了『待閒看秋風，洛水清波。』雪堂風月，赤壁江山，當然很值得留戀，而洛水清波不也是漢唐以來許多詩人文士所歌詠的地方麼？這樣展開一步，便有『山重水複疑無路，柳暗花明又一村』的感覺。這就是所謂曠，胸襟曠達的人，遇事總是從窄往寬裡想，寫起文學作品來也是如此。這一首〈滿庭芳〉並不是東坡上乘之作，卻足以代表他曠達的胸襟。」

四、黃州以後

宋神宗元豐七年（一〇八四）—哲宗元符三年（一一〇一），四十九歲—六十六歲

神宗元豐七年（一〇八四）三月，蘇軾告下特授檢校尚書水部員外郎，汝州（河南臨汝）團練副使。四月，離黃，沿江東下。五月，過筠州，探弟轍，數日而別。七月，抵金陵，四子遯殤。八月，數見王安石於蔣山，十二月，抵泗州，上表乞於常州居住。元豐八年（一〇八五）二月，行抵南都，奉准居常。三月，神宗崩，哲宗即位。太皇太后高氏垂簾聽政。五月，復朝奉郎，除知登州。七月，司馬光輔政，奏薦蘇軾兄弟。十月，到登州任，旋召為禮部郎中。十二月，至京師。供職禮部，旋除起居舍人。哲宗元祐元年（一〇八六）四月，王安石卒。九月，司馬光卒；東坡遷翰林學士，知制誥。十一月，召試學士院，拔黃庭堅、張耒、晁補之等，並擢館職。元祐二年（一〇八七）七月，兼邇英殿侍讀。十一月，弟轍除戶部侍郎。元祐三年（一〇八八），以群輩交攻，累乞外郡，不許。元祐四年（一〇八九）三月，除龍圖閣學士，知杭州。

七月，到杭州任。元祐六年（一〇九一），弟轍爲尚書右丞。東坡以翰林學士承旨召還，罷杭州任。六月，再入學士院，兼侍讀。八月，以讒請外，除龍圖閣學士，知潁州，即月到任。十一月，弟轍罷知絳州。元祐七年（一〇九二）正月，改知揚州。九月，召爲兵部尚書兼侍讀。十一月，遷端明殿學士兼翰林侍讀學士、守禮部尚書。元祐八年（一〇九三）八月，繼室王氏閏之卒於京師，年四十六。九月，太皇太后高氏崩。有詔，罷禮部尚書，出知定州。十月，哲宗親政。紹聖元年（一〇九四）四月，章惇入相，大逐元祐諸臣。軾坐前草制命語涉譏訕，落職知英州。六月，再貶承議郎、建昌軍司馬，惠州安置，不得簽書公事。乃攜幼子過及侍妾朝雲赴惠。七月，弟轍貶少府監，分司南京，筠州居住。紹聖三年（一〇九六）在惠州，七月，妾朝雲卒，年三十四。紹聖四年（一〇九七）閏二月，責授瓊州別駕，昌化軍安置。弟轍再貶化州別駕，雷州安置。四月，置家惠州，攜幼子過赴貶所。元符三年（一一〇〇）正月，哲宗崩，徽宗即位，皇太后向氏權同處分軍國事。五月，告下，徙廉州安置，離儋。七月，徽宗親政。八月，遷舒州團練副使，永州居住；十二日，秦觀卒。十一月，至英州，得旨，復朝奉郎，提舉成都玉局觀，在外軍州，任便居住。徽宗建中靖國元年（一一〇一）五月，至金陵，弟轍邀赴許昌同住，後決議歸常州定居。六月，病暑暴下，至常州，病甚。請老，以本官致仕。七月二十八日，卒。

（一）由離黃到返京階段

阮郎歸

綠槐高柳咽新蟬。薰風初入絃。碧紗窗下水沉煙。棋聲驚晝眠。　微雨過，小荷翻。榴花開欲然。玉盆纖手弄清泉。瓊珠碎卻圓。

作於元豐七年（一〇八四）四月上旬，時在興國軍（治所在永興縣，即今湖北省陽新縣）。

綠槐句：言初夏剛出生的蟬在綠槐高柳上鳴叫。陸機〈擬明月何皎皎〉：「涼風繞曲房，寒蟬鳴高柳。」咽，形容聲音悲淒滯塞，此作動詞用。

薰風：和風，指夏天由東南方或南方向北吹的風。也稱爲「南風」、「凱風」。

初入絃：初入絃歌。《史記．樂書》：「昔者舜作五絃之琴以歌〈南風〉。」《集解》引王肅曰：「〈南風〉，育養民之詩也。其辭曰：『南風之薰兮，可以解吾民之慍兮。』」

水沉：木質香料，又名沉水香。因置於水中會下沉，故稱「沉香」。傅幹《注坡詞》：「香以沉水者爲絕品。」李清照〈菩薩蠻〉：「沉水臥時燒，香消酒未消。」

然：同燃，形容花紅如火。杜甫〈絕句二首〉之二：「江碧鳥逾白，山青花欲然。」

玉盆二句：言少女纖細的手指攪弄玉盆中清涼的泉水，濺起水花圓如珍珠，又旋即破碎。瓊珠，指水珠。杜甫〈宇文晁尚書之甥崔彧司業之孫尚書之子重泛鄭監前湖〉：「尊當霞綺輕初散，棹拂荷珠碎卻圓。」

陳耀文《花草粹編》卷四引《古今詞話》：「觀者歎服其八句狀八景，音律一同，殊不散亂。人爭寶之，刻之琬琰，掛於堂室間也。」

黃蘇《蓼園詞評》：「此詞清和婉麗中而風格自佳。」

俞陛雲《唐五代兩宋詞選釋》：「寫閨情而不著妍辭，不作情語，自有一種閒雅之趣。」

漁家傲　金陵賞心亭送王勝之龍圖。王守金陵，視事一日，移南郡。

千古龍蟠並虎踞，從公一弔興亡處。渺渺斜風吹細雨。芳草渡，江南父老留公住。公駕風車凌彩霧，紅鸞驂乘青鸞馭。卻訝此洲名白鷺。非吾侶，翩然欲下還飛去。

作於元豐七年七月。

金陵：今江蘇省南京市。

賞心亭：在南京城西下水門的城上，下臨秦淮河。

王勝之：王益柔（一〇一五—一〇八六），字勝之，河南人。歷知制誥，遷龍圖直學士，除秘書監，出知蔡、揚、亳州、江寧、應天府。見《宋史》本傳。

視事：治事、任職。

南郡：乃「南都」之誤。南都，即應天府，在今河南商丘。

龍蟠並虎踞：形容金陵地勢險要，有如龍虎盤踞之態。相傳漢末劉備使諸葛亮至金陵，因睹秣陵山阜，而嘆曰：「鐘山龍蟠，石城虎踞，此帝王之宅。」

一弔興亡處：憑弔六朝盛衰的遺跡。傅幹《注坡詞》：「金陵，漢末六朝所都，故云興亡處。」按：六朝，指三國時的東吳，東晉，南朝的宋、齊、梁、陳。

公駕二句：說他像仙人似地駕著飛車，以紅鸞陪乘，青鸞駕御，穿越雲彩而去。相傳西王母下降見漢武帝，「乘紫車，玉女夾馭，載七勝，青氣如雲，有二青鳥如鸞，夾侍王母旁」，見《漢武故事》。此喻王勝之將驂鳳乘鸞而去，言其將升任南京應天府知府。風車，傳說中一種可從風遠行的飛車。鸞，傳說中鳳凰一類的鳥。驂，古代在車旁駕車的兩匹馬。驂乘，乘車時居於右側，指陪乘。馭，駕控。

卻訝三句：言此洲名曰白鷺，鸞鳳與鷺非同伴，故此地不可棲息，欲下還飛。借喻金陵已非王勝之可留之地，他將榮升遠離。訝，驚奇、驚異。白鷺，即白鷺洲，在江寧縣西，多聚白鷺，因以爲名。其處在今南京市西南長江中。李白〈登金陵鳳凰臺〉：「三山半落青天外，二水中分白鷺洲。」此處代指金陵。非吾侶，指鸞爲仙鳥，鷺爲凡鳥，不是同類。

浣溪沙　元豐七年十二月二十四日，從泗州劉倩叔游南山。

細雨斜風作小寒。淡煙疏柳媚晴灘。入淮清洛漸漫漫。　雪沫乳花浮午琖，蓼茸蒿筍試春盤。人間有味是清歡。

元豐七年十二月二十四日，東坡赴汝州途經泗洲（江蘇盱眙）時作。

泗州：舊城在淮水邊上，又稱泗州臨淮郡，在今江蘇省盱眙縣西北。

劉倩叔：一說是泗州知州劉士彥，一說是眉山舊友劉仲達，不能確考。

南山：在泗州南，以出產一種名叫都梁香的香草聞名，故又名都梁山。

小寒：農曆二十四節氣之一，在冬至後半個月，此處雙關，言細雨斜風帶來微微寒意。

媚晴灘：使得雨後初晴的河灘分外嫵媚動人。南山附近有十里灘。

入淮句：言淮河匯合洛澗而下，水勢暢達。清洛，即洛澗，源出安徽合肥，北流至懷遠入淮河。入淮之處，稱爲洛口。

漫漫：形容水流很大的樣子，亦有水流平緩暢達之意。漫，讀平聲，音ㄇㄢˊ。

雪沫乳花：形容煎茶時茶湯上浮起的白色泡沫。或云乳花，即花乳，一種上好的茶。

午琖：盛午茶的杯盞。

蓼茸：蓼菜的嫩芽。

蒿筍：蘆蒿的嫩莖。或指萵苣筍。

春盤：舊俗立春用蔬菜、水果、餅餌等裝盤，饋送親友，取迎新之意。杜甫〈立春〉：「春日春盤細生菜，忽憶兩京梅發時。」東坡〈送范德孺〉：「漸覺東風料峭寒，青蒿黃韭試春盤。」又〈次韻曾仲錫元日見寄〉：「喜見春盤得蓼芽。」

清歡：指心靈上的一種清悠閒逸的歡樂。馮贄《雲仙雜記》：「陶淵明得太守送酒，多以春秫水雜投之，曰：少延清歡數日。」

行香子　與泗守過南山晚歸作

北望平川，野水荒灣。共尋春、飛步孱顏。和風弄袖，香霧縈鬟。正酒酣時，人語笑，白雲間。　飛鴻落照，相將歸去，澹娟娟、玉宇清閒。何人無事，宴坐空山。望長橋上，燈火亂，使君還。

元豐七年十二月作於泗州。

泗守：指泗州知州劉士彥，山東木強人，曾任大理寺丞、福州轉運判官。

北望句：寫由南山北望所見景色。胡仔《苕溪漁隱叢話》後集卷三五：「苕溪漁隱曰：淮北之地平夷，自京師至汴口，並無山，惟隔淮方有南山，米元章名其山為第一山。」

飛步：快步，疾步。

孱顏：高峻的山嶺，同「巉巖」。此指泗州南山。李華〈含元殿賦〉：「崢嶸孱顏，下視南山。」東坡〈峽山寺〉：「我行無遲速，攝衣步孱顏。」

香霧句：霧氣環繞髮鬟。此句寫同遊的歌妓。

相將：同在一起，猶云相與、相共。

落照：夕陽。

澹娟娟：形容月色恬靜而美好。

玉宇：指天空。

宴坐：靜坐、閒坐。白居易〈病中宴坐〉：「宴坐小池畔，清風時動襟。」

使君：知州的別稱，此指劉士彥。

李廷機《新刻注釋草堂詩餘評林》卷二：「形容晚景，宛如畫圖在目中，詞令上品也。」

黃蘇《蓼園詞評》：「凡游覽題，易於平呆，最難做得超雋。『飛鴻』二句，情景交融，自具雋旨。結句於旁觀著筆，筆筆有餘妍，亦是跳胎生新之法。」

俞陛雲《唐五代兩宋詞選釋》：「結句『長橋』、『燈火』三句指泗守歸去而言，設想有高人宴坐山中，下望長橋燈火，詞心高妙。」

滿庭芳

余謫居黃州五年，將赴臨汝，作〈滿庭芳〉一篇別黃人。既至南都，蒙恩放歸陽羨，復作一篇。

歸去來兮，清溪無底，上有千仞嵯峨。畫樓東畔，天遠夕陽多。老去君恩未報，空回首、彈鋏悲歌。船頭轉，長風萬里，歸馬駐平坡。　無何。何處有，銀潢盡處，天女停梭。問何事人間，久戲風波。顧謂同來稚子，應爛汝、腰下長柯。青衫破，群仙笑我，千縷掛煙蓑。

作於元豐八年（一〇八五）二月。按：東坡〈與王文甫書〉說：「蒙恩量移汝州，比欲乞依舊黃州住，細思罪大責輕，君恩至厚，不可不奔赴。數日念之，行計決矣。」但在赴汝途中，他又改變主意，以「有薄田在常州宜興」為由，要求在常州居住。宋神宗對東坡的〈乞常州居住表〉處理得很及時，「朝入夕報可」，但「報可」的詔旨下達時，東坡已到達南都，於是他立即調轉船頭返常州，並寫下此詞。

臨汝：今河南臨汝縣，宋時汝州州治。此代指汝州。

黃人：黃州友人，即元豐七年四月一日將去黃移汝時作〈滿庭芳〉詞序所謂「雪堂鄰里二三君子」。

南都：北宋的南京應天府，舊城在今河南省商丘市。

陽羨：古縣名，宋時改為宜興縣，屬常州。其地即今江蘇省宜興市。

清溪二句：寫陽羨一帶水深山高的景色。千仞，形容山勢極高，古制八尺或七尺爲一仞。嵯峨，山勢高峻貌。

天遠夕陽多：此句語含雙關，既寫樓頭所見之景，又以「天」暗指天子，意謂自己雖與天子遠隔，卻仍得到皇恩眷顧，得以放歸陽羨，安享餘年。俞陛雲《唐五代兩宋詞選釋》評曰：「『畫樓』、『夕陽』二句景中有情，語尤名雋。」

彈鋏：謂處境窘困而又欲有所干求。鋏，劍把。典出《戰國策・齊策四》。故事大略如下：戰國時代齊國貧士馮諼在孟嘗君門下當食客，起先不受孟嘗君重視，僅以粗食待之，馮諼乃倚柱彈劍，高歌：「長鋏歸來乎！食無魚。」孟嘗君遂依其要求而給予較好的待遇。後人以「馮諼彈鋏」比喻有才華的人暫處困境，有求於人；懷才而受冷遇，心中感到不平。

船頭轉三句：說自己得到放歸陽羨的召旨，就立即掉轉船頭，乘風破浪，好像歸馬注坡，快不可止。此乃抒發盼歸陽羨之急切心情。歸馬駐平坡，喻船乘風破浪，疾速如快馬疾馳。駐坡，當作注坡，是宋代軍語，指馳馬沿山坡直奔而下。

無何二句：乃幻想自己遨遊天界，來到無何有之鄉。無何，無何有之鄉的省稱。《莊子・逍遙遊》：「今子有大樹，患其無用，何不樹之於無何有之鄉，廣莫之野。」《莊子・列禦寇》：「彼至人者，歸精神乎無始，而甘冥乎無何有之鄉。」成玄英疏：「無何有，猶無有也。莫，無也。謂寬曠無人之處，不問何物，悉皆無有，故曰無何有之鄉也。」無何有之鄉，沒有任何東西的地方，泛指無實有的境界。亦可指脫離塵俗的理想境界，用於逍遙自得的狀態。東坡〈樂全先生文集敘〉：「公今年八十一，杜門卻掃，終日危坐，將與造物者游於無何有之鄉。」

銀漢四句：謂銀河邊的織女停梭問作者，爲何長住人間，久歷許多風波險阻。銀漢，即銀河。天女，指織女。風波，比喻人事變故，動蕩不定。白居易〈除夜寄微之〉：「家山泉石尋常憶，世路風波子細諳。」《儒林外史》第八回：「宦海風波，實難久戀。」

應爛句：任昉《述異記》卷上：「信安郡石室山，晉時王質伐木至，見童子數人棋而歌。質因聽之。童子以一物與質，如棗核。質含之，不覺飢。俄頃，童子謂曰：『何不去？』質起，視斧柯盡爛。既歸，無復時人。」後以「爛柯」謂歲月流逝，人事變遷。柯，斧柄。

青衫三句：謂群仙笑我，衣衫襤褸，如披煙簑。青衫，青色的衣服，多爲低階的官服。「千縷掛煙蓑」，承「青衫破」，自嘲所穿青衫像歷經許多煙雨的蓑衣一樣，掛著直條條的絲縷，破爛不堪。極言官職低微，生活清苦。

周必大《文忠集》卷十九〈東坡宜興事〉：「〈滿庭芳〉詞作於元豐八年初許自便之時。公雖以五月再到常州，尋赴登守，未必再到陽羨也。軍中謂壯士馳駿馬、下峻坂為注坡。詞云：『船頭轉，長風萬里，歸馬注平坡。』蓋喻歸興之快如此。印本誤以『注』為『駐』。今邑中大族邵氏園臨水，有天遠堂，最為奇觀，取名於此詞云。」

劉熙載《藝概》卷四：「詞以不犯本位為高。東坡〈滿庭芳〉『老去君恩未報，空回首、彈鋏悲歌』，語誠慷慨，然不若〈水調歌頭〉『我欲乘風歸去，又恐瓊樓玉宇，高處不勝寒』，尤覺空靈蘊藉。」

定風波

王定國歌兒曰柔奴，姓宇文氏，眉目娟麗，善應對，家世住京師。定國南遷歸，余問柔：「廣南風土，應是不好？」柔對曰：「此心安處，便是吾鄉。」因為綴詞云。

常羡人間琢玉郎，天應乞與點酥娘。自作清歌傳皓齒，風起，雪飛炎海變清涼。

萬里歸來年愈少，微笑，笑時猶帶嶺梅香。試問嶺南應不好，卻道，此心安處是吾鄉。

作於哲宗元祐元年（一〇八六）。時東坡在京師任翰林學士知制誥。

王定國：名鞏，號清虛居士。宰相王旦之孫，工部尚書王素之子。生卒年不詳。有畫才，長於詩。少與東坡交遊。元豐二年十二月東坡貶黃州，王鞏亦牽連謫監賓州（廣西賓陽）酒稅，元豐七年罷還。晚年徙居高郵（江蘇高郵）。

柔奴：姓宇文，王鞏家歌女，容貌娟美秀麗，善於應對，世居京師。按：傅幹《注坡詞》題作「南海歸，贈王定國侍人寓娘。」張宗橚《詞林紀事》卷五云：「柔奴或作寓娘。考《柳州志》：『王鞏侍兒柔奴』，與詞序同，當從詞序。」又楊湜《古今詞話》云：「東坡初謫黃州，獨王定國以大臣之子不能謹交游，遷置嶺表。後數年，召還京師。是時東坡掌翰苑，一日，王定國置酒與東坡會飲，出寵人點酥侑尊。而點酥善談笑，東坡問曰：『嶺南風物，可煞不佳。』點酥應聲曰：『此身安處是家鄉。』坡歎其善應對，賦〈定風波〉一闋以贈之，其句全引點酥之語（詞略）。點酥因是詞譽藉甚。」（引錄自《綠窗新話》下）此稱「寵人點酥」，疑是根據詞中語「點酥娘」而附會其名。

廣南：指賓州。賓州當時屬廣南西路。

綴詞：連結字句以成詞篇。

琢玉郎：謂王定國姿容佳美如玉琢成的男子。傅幹《注坡詞》：「琢玉郎，言其（指王鞏）美姿容如玉也。」東坡〈與王定國書〉云：「君實（司馬光）嘗云：王定國瘴煙窟裡五年，面如紅玉。」

乞與：贈給。《廣雅・釋詁》：「乞，予也。」一本作「天教分付」，分付即交付。

點酥娘：此指柔奴，謂其肌膚白皙，細膩如凝酥。傅幹《注坡詞》：「點酥娘，言其（指柔奴）如凝酥之滑膩也。」

自作清歌三句：清亮的歌聲自柔奴潔白的齒間傳出，如翻起風來，能使酷熱難耐的地方有瑞雪飄飛之感，變得清涼爽快。清歌傳皓齒，語本杜甫〈聽楊氏歌〉：「佳人絕代歌，獨立發皓齒。」炎海，泛指南海炎熱的地區，比喻酷熱。

笑時句：謂柔奴從萬里之遙的廣西歸來，更顯得年輕，充滿著笑容，她笑的時候仍散發出如同嶺南梅花獨有的芳香。這是以南方梅花那種傲霜、堅貞、高雅的品格，來讚美柔奴在逆境中展現的堅強精神和從容態度。嶺梅，指大庾嶺上的梅花。大庾嶺，爲五嶺之一，在江西省大庾縣南，上多植梅樹，古來有名，故又名梅嶺。因嶺之南北氣候差異，梅花南枝已落，北枝方開。杜甫〈秋日荊南述懷三十韻〉：「秋雨漫湘竹，陰風過嶺梅。」鄭谷〈咸通十四年府試木向榮〉：「庾嶺梅花覺，隋堤柳暗驚。」按：賓州在五嶺之南，往返南北，必經大庾嶺。王鞏《聞見近錄》云：「庾嶺險絕聞天下。蔡子直爲廣東憲，其弟子正爲江西憲，相與協議，以磚甃其道，自下而上，自上而下，南北三十里，若行堂宇間。每數里，置亭以憩客，左右通渠流泉，涓涓不絕，紅白梅夾道，行者忘勞。予嘗至嶺上，仰視青天如一線，然既過嶺，即青松夾道，以達南雄州。太平久矣，遐邇同風，非有前世南北之異。」

嶺南：泛指五嶺（在今廣西、廣東、湖南、江西交界處）以南地區，廣西處其中，故云。

卻道：猶云倒說、反而說。張相《詩詞曲語辭匯釋》：「卻，猶倒也；反也。此爲由正字義加強其語氣者，於語氣轉折時用之。」

吳曾《能改齋漫錄》卷八：「東坡作〈定風波〉，序云：『王定國歌兒曰柔奴，姓宇文氏。定國嶺南歸，余問柔：『廣南風土，應是不好？』柔對曰：『此心安處，便是吾鄉。』因用其語綴詞云：『試問嶺南應不好，卻道，此心安處是吾鄉。』余嘗以為此語本出白樂天，東坡偶忘之耳。白〈吾土〉詩云：『身心安處為吾土，豈限長安與洛陽。』又〈出城留別〉詩云：『我生本無鄉，心安是歸處。』又〈重題〉詩云：『心泰身寧是歸處，故鄉可獨在長安。』又〈種桃杏〉詩云：『無論海角與天涯，大抵心安即是家。』」

附錄：東坡〈王定國詩集敘〉：「今定國以余故得罪，貶海上五年，一子死貶所，一子死於家，定國亦病幾死。余意其怨我甚，不敢以書相聞。而定國歸至江西，以其嶺外所作詩數百首寄余，皆清平豐融，藹然有治世之音，其言與志得道行者無異。幽憂憤歎之作，蓋亦有之矣，特恐死嶺外，而天子之恩不及報，以忝其父祖耳。孔子曰：『不怨天，不尤人。』定國且不我怨，而肯怨天乎！余然後廢卷而歎，自恨期人之淺也。又念昔日定國過余於彭城，留十日，往返作詩幾百餘篇，余苦其多，畏其敏，而服其工也。一日，定國與顏復長道游泗水，登桓山，吹笛飲酒，乘月而歸。余亦置酒黃樓上以待之，曰：『李太白死，世無此樂三百年矣。』今余老，不復作詩，又以病止酒，閉門不出。門外數步即大江，經月不至江上，眊眊焉真一老農夫也。而定國詩益工，飲酒不衰，所至翱翔徜徉，窮山水之勝，不以厄窮衰老改其度。今而後，余之所畏服於定國者，不獨其詩也。」

如夢令

為向東坡傳語，人在玉堂深處。別後有誰來，雪壓小橋無路。歸去，歸去，江上一犁春雨。

約作於元祐元年至二年間（一〇八六—一〇八七），時東坡官翰林學士、知制誥兼侍讀學士。傅注本題作「寄黃州楊使君二首，公時在翰苑。」按：此楊使君即楊寀，字君素。元豐六年（一〇八三）五月（一說八月）黃州知州徐君猷離任，楊寀來代。

玉堂：指翰林院。官署名，漢侍中有玉堂署，宋以後翰林院亦稱玉堂。

一犁春雨：謂雨量適中，恰宜犁地春耕。

如夢令

手種堂前桃李，無限綠陰青子。簾外百舌兒，驚起五更春睡。居士，居士，莫忘小橋流水。

堂前：指東坡雪堂。

青子：尚未成熟的青色果子，指桃李果實。

百舌兒：鳥名，全身黑色，嘴黃。善鳴，其聲多變化，故名「百舌」。

居士：東坡自稱。東坡自黃州躬耕起，即自號東坡居士。傅幹〈注坡詞〉：「維摩詰雖處居家，常修梵行，故號居士。後人因襲其名，若龐居士、香山居士之類是也。」

小橋流水：指東坡雪堂正南之小橋。陸游《入蜀記》卷四：「（雪堂）正南有橋，榜曰小橋，以『莫忘小橋流水』之句得名。其下初無渠澗，遇雨則有涓流耳。舊止片石布其上，近輒增廣爲木橋，覆以一屋，頗敗人意。」

（二）四任地方知州時期

臨江仙　送錢穆父

一別都門三改火，天涯踏盡紅塵。依然一笑作春溫。無波真古井，有節是秋筠。

惆悵孤帆連夜發，送行淡月微雲。尊前不用翠眉顰。人生如逆旅，我亦是行人。

元祐六年（一〇九一）三月上旬作於杭州。

錢穆父：名勰，五代吳越王之後，官至翰林學士兼侍讀，入元祐黨籍。元祐初，在朝爲中書舍人，與起居舍人東坡，氣類相善，友誼甚篤。元祐三年（一〇八八），因坐奏開封府獄空不實，出知越州（浙江紹興），東坡曾賦詩贈別。元祐五年（一〇九〇），又徙知瀛洲（河北河間）。元祐六年春，錢穆父赴任途中經過杭州，東坡作此詞以送。

都門：京城城門，代指國都，即汴京。

三改火：已過三寒食，即三個年頭。古代鑽木取火，四季換用不同木材，稱爲「改火」。改火之俗古已有之，唐宋詩詞所指往往係指寒食節。寒食禁火三日，寒食後再舉火，稱「新火」；因用榆木取火，又稱「榆火」，周邦彥〈蘭陵王〉：「梨花榆火催寒食。」

一笑作春溫：謂笑容猶如春日之和煦。東坡〈送魯元翰少卿知衛州〉：「憶在錢塘歲，情好親弟昆。時於冰雪中，笑語作春溫。」

無波二句：謂錢穆父不爲陟黜沉浮而憂喜，心境平靜無波瀾如古井之水，其氣節高潔如秋天之竹。白居易〈贈元稹〉：「無波古井水，有節秋竹竿。」筠，竹子外層的青皮，借指竹子。

尊前句：勸離筵上的歌妓不要愁眉不展。唐宋時州郡長官宴席，例有官妓侑酒，而送別筵上，歌妓容易動容。東坡詞中每勸以「不用斂雙蛾」（〈菩薩蠻・西湖送述古〉）、「紅粉莫悲啼」（〈好事近・黃州送君猷〉），此處亦同。翠眉，古代女子用青黑色顏料畫的眉。顰，皺著眉頭。杜甫〈江月〉：「誰家挑錦字，滅燭翠眉顰。」

逆旅：客舍、旅館。蕭統〈陶淵明集序〉：「倏忽比之白駒，寄寓謂之逆旅。」李白〈春夜宴桃李園序〉：「夫天地者，萬物之逆旅。」

袁文《甕牖閒評》卷五：「《說文》：筠字從竹，竹皮也。孔穎達亦以為竹外青皮。蘇東坡作〈臨江仙〉詞云：『無波真古井，有節是秋筠。』乃用白樂天詩：『無波古井水，有節秋竹竿。』詩雖承樂天之語，而改竹為筠，遂覺差遜。」

八聲甘州　寄參寥子

有情風萬里卷潮來，無情送潮歸。問錢塘江上，西興浦口，幾度斜暉。不用思量今古，俯仰昔人非。誰似東坡老，白首忘機。　記取西湖西畔，正春山好處，空翠煙霏。算詩人相得，如我與君稀。約他年、東還海道，願謝公雅志莫相違。西州路，不應回首，為我沾衣。

元祐六年三月作於杭州。按：哲宗元祐四年，東坡重到杭州，擔任知州。次年，在孤山上建智果精舍，請他的好友參寥從於潛天目山來任主持。元祐六年三月，五十六歲的東坡奉調回汴京爲翰林學士承旨，離杭時作〈八聲甘州〉一詞，寄贈參寥子。有一版本題下有注「時在巽亭」，巽亭在杭州東南，能觀錢塘江潮，此詞即以潮水去來起興。

參寥子：僧道潛，字參寥，本姓何，於潛（浙江臨安）人，精佛典，能文章，尤喜爲詩。東坡與參寥子相識於徐州任上。元豐元年（一〇七八），秦觀拜訪東坡，同時引薦參寥。東坡讀其詩，甚爲愛賞。參寥雖出家爲僧，但爲人剛直，好惡形於色，常當面責人過，與東坡同是性情中人，遂一見如故，此後交往密切。東坡貶黃州，參寥千里迢迢來相從。東坡赴汝途中，亦同遊廬山。後東坡謫瓊州，參寥欲過海相訪，東坡去信力加勸阻才罷。二人交誼極爲深厚，唱和特別多。

有情風二句：寫在巽亭所見錢塘潮水一起一落所引起的相對情緒。意謂萬里長風卷潮而來，帶來壯麗的美景，令人讚嘆不已，也令人感到天地有情；可是隨而潮水退去，彷彿是卷潮而來的長風又將潮水帶走，全然不理會人依依不捨的心情，顯得何其無情。這是一般人常有的反應，東坡以此起興，反襯自己的一番體悟：潮來潮去是自然的現象，與情無關，而人之所以生好惡有無之感，乃緣於主觀的執念。

錢塘江：舊稱浙江，爲浙江最大的河流。源出浙、皖、贛邊境之蓮花尖，東北流經杭州入海。江口呈喇叭狀，海潮倒落，形成著名的錢塘潮。

西興浦口：即西興渡口，在杭州錢塘江南岸。《會稽志》：「西陵在蕭山縣，吳越改爲西興。」按：杭州與蕭山隔錢塘江相望，西興距杭甚近。傅幹《注坡詞》：「錢塘、西興，並吳中之絕景。」浦口，渡口。

俯仰：一低頭一抬頭間，表示時間短促。王羲之〈蘭亭集序〉：「向之所欣，俯仰之間，已爲陳跡。」

忘機：不存機心，淡泊無爭。往往指隱者恬淡自適，忘身物外。機，機心，即謀慮之心，巧詐功利的心計。

空翠句：形容山色蒼翠空明，山間煙嵐飄緲。

算詩人二句：謂詩人之間交好契合像你我一樣的實在少得很。相得，契合、投機。

約他年二句：用謝安事，意謂他年歸隱相聚之願當能實現，不使老友感到遺憾。東還海道，《晉書．謝安傳》：「安雖受朝寄，然東山之志，始末不渝，每形於言色。及鎮新城，盡室而行，造汎海之裝；欲經略粗定，自海道還東。雅志未就，遂遇疾篤。」按：東謂浙東，謝安家居會稽，今紹興也。雅志，平素的志趣，此指隱逸的心願。

西州路三句：謂將來自己退隱的志願終能實現，故參寥子就不會像羊曇那樣，日後得爲我抱憾而悲傷，以至於淚溼衣衫。西州，指東晉京都建康的西州城，故址在今南京市西。《晉書．謝安傳》載：晉謝安還都，輿病入西州門。安卒後，其甥羊曇行不由西州路；一日，醉中不覺過州門，悲感不已，痛哭而去。東坡此處乃反用這典故。

胡仔《苕溪漁隱叢話》後集卷二十六：「《後山詩話》謂『退之以文為詩，子瞻以詩為詞，如教坊雷大使之舞，雖極天下之工，要非本色。』余謂後山之言過矣。子瞻佳詞最多，其間傑出者，如……『有情風萬里卷潮來，無情送潮歸』別參寥詞；（略）凡此十餘詞，皆絕去筆墨畦徑間，直造古人不到處，真可使人一唱而三歎。若謂以詩為詞，是大不然。」

陳廷焯《白雨齋詞話》卷八：「東坡〈八聲甘州．寄參寥子〉結數語云：『算詩人相得，如我與君稀。約他年、東還海道，願謝公雅志莫相違。西州路，不應回首，為我沾衣。』寄伊鬱於豪宕，坡老所以為高。」

鄭文焯《手批東坡樂府》：「突兀雪山，卷地而來，真似錢塘江上看潮時，添得此老胸中數萬甲兵，是何氣象雄且桀。妙在無一字豪宕，無一語險怪，又出以閒逸感喟之情，所謂骨重神寒，不食人間煙火氣者，詞境至此觀止矣。雲錦成章，天衣無縫，是作從至情流出，不假熨貼之工。」

俞陛雲《唐五代兩宋詞選釋》：「起筆破空而下，風潮來去，有情而實無情，千古之循環興廢，大抵如斯。惟有此高世之想，故下闋與參寥子相約，爾我之交誼，應效謝安在新城欲自海道還，以遂其雅志，勿效羊曇他日發馬策西州之感也。」

劉石注評《蘇軾詞選》：「詞作看似天風海濤，激昂排宕，實則義含比興，寓有聚散離合、身不由己的感慨。較之〈念奴嬌·赤壁懷古〉，抑鬱沉雄差可比擬，而發揚蹈厲，更有以過之。」

編者按：過去一般的解釋，都以為東坡此番返京，心情極其複雜矛盾，很想遠離政治紛爭，辭官歸隱。因此，這首詞最後寫「功成身退之後，惟以羊曇謝安的生死交誼相期。其內心之孤寂與沉鬱於此可見。」（見張志烈、馬德富等主編《蘇軾詞集校注》）可是，已「忘機」的東坡，怎會又轉為憂慮不安呢？東坡與參寥既相得，生命交感，則在來去之間，自然無礙，應不會因此次離別而感傷，也不應因日後不能遂願或不能與好友重逢而憂心。謝安之典，重在「雅志不違」，在這裡不能從實處去理解，應從虛處去契會；換言之，東坡言外之意不在求身退之事實，因為此心已安，此志不移，出入那裡都無罣礙。如是，又怎會發生為我抱憾而悲哭之事？而參寥看破虛空，參透生死，又怎會多情感舊，如羊曇一樣「為我沾衣」？東坡這些話分明是有意調侃參寥而說的。而且，從選擇抒情之詞體贈與得道之僧人，從開篇潮來潮去，有情無情，談到忘機，最後又說到不能忘情，在在都隱含禪家機鋒之意，如果不是至友深交，是不會有這樣莊諧相間的言辭表現的。（見《有情風萬里卷潮來：經典・東坡・詞》）

木蘭花令　次歐公西湖韻

霜餘已失長淮闊。空聽潺潺清潁咽。佳人猶唱醉翁詞，四十三年如電抹。　草頭秋露流珠滑。三五盈盈還二八。與余同是識翁人，惟有西湖波底月。

作於元祐六年九月中旬，時東坡移知潁州。按：東坡於本年二月在杭州得到詔命，以翰林學士承旨詔還朝。三月啓程，五月下旬到汴京任職。從七月起受到舊黨賈易等人之攻擊，東坡遂上章自辯並乞求外調。八月五日奉命以龍圖閣學士出知潁州（安徽阜陽），並於閏八月二十二日到達任上。九月十五日往遊西湖，觀月聽琴而賦詩（見附錄），詞亦當作於此時。

次歐公西湖韻：歐陽修於仁宗皇祐元年（一〇四九）四十三歲任穎州知州時作〈木蘭花令〉：「西湖南北煙波闊，風裡絲簧聲韻咽。舞餘裙帶綠雙垂，酒入香腮紅一抹。　杯深不覺琉璃滑，貪看六么花十八。明朝車馬各西東，惆悵畫橋風與月。」西湖，指穎州西湖。穎州西二里有湖，長十里，寬二里，林木蔥蘢，是當地名勝。按：歐陽修於神宗熙寧四年（一〇七一），六十五歲，又退居於穎，更作〈采桑子〉十首，謳歌西湖美麗的景色及閒居生活的雅趣，翌年即卒於此。東坡曾在熙寧四年赴杭任通判途中往謁歐陽修，並陪遊穎州西湖。元豐二年（一〇七九），東坡在揚州平山堂賦〈西江月〉詞，抒發對歐陽公的緬懷之情。轉眼十多年過去了，東坡如今再來穎州，重遊西湖，竟然聽見當地歌女仍在歌唱歐陽公四十三年前的舊作〈木蘭花令〉，不禁欣慨交心，次其韻而作此詞，既感時光易逝，世事多變，亦由對歐陽公深切的思念，傳達了人格精神不朽之價值。

霜餘句：深秋時分，淮河水量減退，河面縮小，河道顯得狹長。霜餘，霜降後的秋天，指深秋時節。長淮，指淮河。

清穎咽：清淺的穎水，水流不暢，聲似嗚咽。穎水，淮河支流，在河南境內向東南流，於安徽境內入淮。穎州州城在其下游。

醉翁：歐陽修的別號。歐陽修任滁州知州時始自號醉翁，作〈醉翁亭記〉。

四十三年：東坡於元祐六年（一〇九一）閏八月出爲穎州知州，距歐陽修於皇祐元年（一〇四九）知穎州，實爲四十二年，虛算四十三年。

如電抹：形容時間變化速度之快，如閃電一掃而過。江總〈置酒高樓上〉：「盛時不再得，光景馳如電。」

三五句：陰曆十五夜晶瑩圓滿的月亮，到了十六夜就缺一分了。指月有盈虧。謝靈運〈怨曉月賦〉：「昨三五兮既滿，今二八兮將缺。」三五、二八，指陰曆十五、十六兩天。

與余二句：與我一樣熟悉醉翁先生的人，只有那西湖水波中的月亮。按：東坡以月爲喻，意謂歐陽公清亮高雅的志節，昭昭如月，而月亮是恆久不變的，則歐陽公的精神亦將長存於天地間，永垂不朽。東坡說自己與水波中的月亮都可做見證，因爲他們都有共通之處——東坡與歐陽公是同道中人，他們高潔的精神，與月同調，因此彼此相識。約十年後，東坡從海南歸來，途中賦詩〈次韻江晦叔〉云：「浮雲時事改，孤月此心明。」爲自己一生的行事，做了很好的總結，正遙應了他在此詞中爲恩師歐陽修所賦予的精神。翁，指歐陽修。

傅幹《注坡詞》：「《本事曲集》云：『汝陰西湖勝絕名天下，蓋自歐陽永叔始。往歲子瞻自禁林出守，賞詠尤多。而去歐陽公時已久，故其繼和〈木蘭花〉，有『四十三年電抹』之句。二詞俱奇峭雅麗，如出一人。此所以中間歌詠寂寥無聞也。」

沈際飛評《草堂詩餘續集》卷下引天羽居士評：「古崛。按東坡嘗與弟別潁州西湖，又有『別淚滴清潁』之句。一片性靈，絕去筆墨畦徑。」

附錄：東坡〈九月十五日，觀月聽琴西湖示坐客〉：「白露下眾草，碧空卷微雲。孤光為誰來，似為我與君。水天浮四座，河漢落酒樽。使我冰雪腸，不受麴蘖醺。尚恨琴有絃，出魚亂湖紋。哀彈奏舊曲，妙耳非昔聞。良時失俯仰，此見寧朝昏。懸知一生中，道眼無由渾。」按：岳珂《寶真齋法書讚》卷十二有〈蘇文忠西湖聽琴觀月詩帖〉，尾記為：「元祐六年九月十五日」。

減字木蘭花　二月十五日夜與趙德麟小酌聚星堂

春庭月午，搖蕩香醪光欲舞。步轉迴廊，半落梅花婉娩香。　輕雲薄霧，總是少年行樂處。不似秋光，只與離人照斷腸。

作於元祐七年（一〇九二）正月十五日。趙令畤《侯鯖錄》卷四云：「元祐七年正月，東坡先生在汝陰州（即指潁州），堂前梅花大開，月色鮮霽。先生王夫人曰：『春月色勝如秋月色，秋月色令人悽慘，春月色令人和悅，何如召趙德麟輩來飲此花下？』先生大喜，曰：『吾不知子能詩耶！此眞詩家語耳。』遂相召，與二歐飲。用是語作〈減字木蘭〉詞……。」按：鄭騫《詞選》云：「此爲德麟自記，當然可信。據此文，題中二月十五應作正月，二月十五則梅花全落矣。二歐即歐陽修之二子，一名棐，一名辯。是年東坡五十七歲，少年謂德麟等。」王夫人，即東坡繼室王閏之（一〇四八—一〇九三），王介之幼女，王弗堂妹，眉州青神（今四川眉山市青神縣）人。未出嫁前，家中稱其「二十七娘」。二十一歲時嫁給東坡。因出生於慶曆八年閏正月，故東坡爲其取名「閏之」。她不似堂姊聰敏，卻溫婉樸實，善於料理家務農事。閏之陪伴東坡度過人生最重要的階段，二十多年間從家鄉眉山來到京城開封，輾轉於南北各州郡，最後病逝京師。閏之死後百日，東坡特意請畫家李龍眠繪羅漢像十張，在誦經超度時獻給亡魂。閏之靈柩停放在京西寺院。東坡去世後，子由才將二人合葬，實現了東坡生前在祭閏之文中「惟有同穴」的誓願。

趙德麟：本名景貺，後改名令畤，宋宗室燕王德昭玄孫。東坡知潁時，德麟爲簽書潁州節度判官廳公事。坐與東坡交遊，入黨籍。後從高宗南渡，仕洪州觀察使，遷寧遠軍承宣使，襲封安定郡王，旋卒。

聚星堂：潁州府廳堂，乃歐陽修知潁州時在公署內所建。查慎行《蘇詩補註》卷三十四〈聚星堂雪〉註云：「《名勝志》：歐陽文忠公守潁時，於州治起聚星堂，與侯官王回深父、臨江劉攽貢父、州人常秩夷甫、六安焦千之伯強，爲日夕燕游之所。」

月午：月至午夜，即半夜。劉禹錫〈送惟良上人〉：「燈明香滿室，月午霜凝地。」

香醪：指美酒。杜甫〈崔駙馬山亭宴集〉：「清秋多宴會，終日困香醪。」

婉娩：儀容柔順，謂婦容也，借爲柔媚和悅之意，此處形容梅香之淡雅柔美。

陳師道《後山詩話》：「蘇公居潁，春夜對月。王夫人曰：『春月可喜，秋月使人愁耳。』公謂前未及也，遂作詞曰：『不似秋光，只與離人照斷腸。』老杜云：『秋月解傷神。』語簡而益工也。」

滿江紅　懷子由作

清潁東流，愁來送、征鴻去翮。情亂處、青山白浪，萬重千疊。孤負當年林下語，對床夜雨聽蕭瑟。恨此生、長向別離中，彫華髮。　一尊酒，黃河側。無限事，從頭說。相看恍如昨，許多年月。衣上舊痕餘苦淚，眉間喜氣添黃色。便與君、池上覓殘春，花如雪。

此詞作於元祐七年（一〇九二）二月，時東坡將離潁州赴揚州任，子由則在京師爲尚書右丞。

清潁：指潁水，發源於河南登封，東流至安徽入淮。潁州瀕臨潁水。

征鴻去翮：謂大雁南飛。翮，鳥羽毛中間的莖骨。此處代指鴻鳥。

孤負句：謂辜負了當年與你隱居山林的約定。林下，指隱居之所。孤負，同「辜負」。

對床句：化用韋應物〈示全眞元常〉：「寧知風雪夜，復此對床眠」詩意，即風雨之夜兩人對床共語，形容兄弟或朋友相聚，傾心交談之情。蘇轍〈逍遙堂會宿二首並引〉：「轍幼從子瞻讀書，未嘗一日相舍。既仕，將宦遊四方，讀韋蘇州詩至『安知風雨夜，復此對床眠』，惻然感之，乃相約早退，爲閒居之樂。故子瞻始爲鳳翔幕府，留詩爲別曰：『夜雨何時聽蕭瑟。』其後子瞻通守餘杭，復移守膠西，而轍滯留於淮陽、濟南，不見者七年。熙寧十年二月，始復會於澶濮之間，相從來徐留百餘日。時宿於逍遙堂，追感前約，爲二小詩記之。」「夜雨對床」一語，常出現在東坡兄弟文字中。床，指休閒時坐臥兩用的榻，可供休息聊天。

彫：枯萎、零落。通「凋」。傅注本作「添」，此從元本。

黃河側句：指宋神宗熙寧十年（一〇七七），東坡從密州奉調河中府，在澶濮間與子由相會，暫時寄居在京師城郊，朋友范鎮的「東園」。兄弟倆在「東園」住了兩個多月。澶濮，指澶淵、濮水，在河北濮陽附近，黃河邊上。

恍如昨：彷彿昨天一樣。恍，古同「怳」，彷彿、好像。「昨」，一作「夢」。

添黃色：謂眉間氣色泛黃，表示有好事。意謂有即將歸去的徵兆。韓愈〈鄆城晚飲贈馬侍郎及馮李二員外〉：「眉間黃色見歸期。」「添」，一作「占」。

附錄：《東坡志林》卷二〈致仕・請廣陵〉：「今年吾當請廣陵，暫與子由相別。至廣陵逾月，遂往南郡，自南郡詣梓州，泝流歸鄉，盡載家書而行，迤邐致仕，築室種果於眉，以須子由之歸而老焉。不知此願遂否？言之悵然也。」

青玉案　和賀方回韻送伯固還吳中

三年枕上吳中路，遣黃犬、隨君去。若到松江呼小渡。莫驚鷗鷺，四橋盡是，老子經行處。輞川圖上看春暮。常記高人右丞句。作個歸期天已許。春衫猶是，小蠻針線，曾溼西湖雨。

元祐七年八月作於揚州。按：是年八月，東坡以兵部尚書被召還朝，伯固不能相從，東坡作詞送伯固返吳中故居。朱祖謀《東坡樂府》卷二：「案伯固於己巳年（一〇八九）從公杭州，至壬申（一〇九二）三年未歸，故首句云然。」

和賀方回韻：謂依賀方回〈青玉案〉的韻腳填詞。賀鑄（一〇五二—一一二五），字方回，晚號慶湖遺老，衛州（河南衛輝）人。其先世居越州山陰（浙江紹興），故每自稱越人，慶湖者山陰之鏡湖也。出身貴族，宋太祖賀皇后族孫，所娶亦宗室之女。初任武職，授右班殿直、監軍器庫門、和州巡檢。後改文階，任泗州、太平州通判。以承議郎致仕。晚年退居吳下，往來蘇、常間，以高隱終。賀鑄長身聳目，面色鐵青，人稱賀鬼頭。能詩文，尤長於詞。其詞清婉麗密，善於融化唐人詩句，而以〈青玉案〉一詞備受讚譽，因歇拍有「梅子黃時雨」一語，故被稱爲「賀梅子」。詞集名《東山詞》，亦稱《東山寓聲樂府》。其〈青玉案〉詞：「凌波不過橫塘路。但目送芳塵去。錦瑟華年誰與度。月臺花院，瑣窗朱戶，惟有春知處。碧雲冉冉蘅皋暮。彩筆新題斷腸句。試問閑愁都幾許。一川煙草，滿城風絮，梅子黃時雨。」和韻，古代贈答詩中，依仿他人詩的韻腳，甚至次第，作詩回贈。可分依韻、次韻、用韻三種方式。徐師曾《文體明辨序說》云：「按和韻詩有三體：一曰依韻，謂同在一韻中而不去用其字也；二曰次韻，謂和其原韻而先後次第皆因之也；三曰用韻，謂有其韻而先後不必次也。」東坡此詞乃次韻也。

伯固：蘇堅，字伯固，泉州（今屬福建）人，寓居丹陽（江蘇丹陽）。東坡任杭州知州時，伯固以臨濮縣主簿監杭州在城商稅，協助整治西湖工事。元祐七年二月東坡由潁州改知揚州，伯固又來相從。八月，東坡還朝，伯固則還吳中。紹聖間任永豐尉，後知鉛山，官終建昌軍通判。與東坡交往頗密，唱和甚多，有文集，今佚。

吳中：蘇州，古稱吳中。此指伯固家鄉。

枕上：意即夢中。

遣黃犬：即派遣黃犬出去。用陸機駿犬「黃耳」往返京師與家鄉傳書信事。《晉書・陸機傳》：「初機有駿犬，名曰黃耳，甚愛之。既而羈寓京師，久無家問，笑語犬曰：『我家絕無書信，汝能齎書取消息不？』犬搖尾作聲。機乃為書，以竹筩盛之而繫其頸，犬尋路南走，遂至其家，得報還洛。其後因以為常。」

松江：即吳淞江，今名蘇州河，源出太湖，由吳江市東流，至上海與黃浦江合。

呼小渡：猶言招呼小船擺渡。按：蘇州有渡僧橋，據乾隆《蘇州府志》載：「孫吳時，民為舟以濟商，有僧呼渡，舟子弗應，僧折楊柳枝浮水而渡，眾驚異羅拜，願藉神力成此橋。遂募建，不日而成，以渡僧名。」

四橋：蘇州的四座名橋。傅幹《注坡詞》云：「姑蘇有四橋，長爲絕景。」又鄭文焯《絕妙好詞校錄》云：「宋詞凡用四橋，大半皆謂吳江（今江蘇吳江）城外之甘泉橋。……《蘇州志》：『甘泉橋舊名第四橋。』白石詞：『第四橋邊，擬共天隨住。』」徐培鈞《蘇軾詩詞選注》云：「昔年往來湖州、杭州，必經四橋，故云。」

老子：老年人自稱。此爲東坡自喻。

輞川圖：王維在輞川有別墅，繪有〈輞川圖〉。輞川，位於西安東南藍田縣境內。據《舊唐書・王維傳》所載：「（王維）得宋之問藍田別墅，在輞口，輞水周於舍下，漲竹洲花塢，與道友裴迪浮舟往來，彈琴賦詩，嘯詠終日。嘗聚其田園所爲詩，別爲《輞川集》。」《新唐書・王維傳》亦云：「別墅在輞川，地奇勝，有華子岡、欹湖、竹里館、柳浪、茱萸沜、辛夷塢，與裴迪游其中，賦詩相酬爲樂。」〈輞川圖〉是王維晚年在清源寺壁上所作的單幅畫，後來清源寺圮毀，此畫早已無存，今所見者乃後人臨摹本。唐代張彥遠《歷代名畫記》稱王維〈輞川圖〉「筆力雄壯」。朱景玄《唐朝名畫錄》則評曰：「山谷鬱鬱盤盤，雲水飛動，意出塵外，怪生筆端。嘗自題詩云：『當世謬詞客，前身應畫師』，其自負也如此。」可想見其佳妙。

常記句：謂時常記起王維歌詠輞川山水的詩句。高人，高雅之人，多指隱士。杜甫〈解悶十二首〉之八：「不見高人王右丞，藍田丘壑蔓寒藤。」王維官至尚書右丞，故稱王右丞。東坡

〈書摩詰藍田煙雨圖〉云：「味摩詰之詩，詩中有畫；觀摩詰之畫，畫中有詩。詩曰：『藍谿白石出，玉川紅葉稀。山路元無雨，空翠溼人衣。』此摩詰之詩。或曰非也。好事者以補摩詰之遺。」

作個歸期四句：鄒同慶、王宗堂《蘇軾詞編年校注》云：「謂伯固歸居吳中已得天許，如願以償。」又云：「謂伯固春衫出愛姬之手，伯固著此春衫隨自己至杭三年，曾為西湖雨所溼，今歸吳中故居，可與愛姬相聚矣。小蠻：本為白居易舞妓，此指蘇伯固的愛姬。」按：此說非也。孟棨《本事詩・事感》：「白尚書（居易）姬人樊素善歌，妓人小蠻善舞，嘗為詩曰：『櫻桃樊素口，楊柳小蠻腰。』」詞中「小蠻」借指侍妾朝雲。陳維崧〈浣溪沙・逮下為閻牛叟賦〉：「每遣白公留阿素，卻教坡老買朝雲。」朝雲，錢塘人，十二歲時入蘇家為侍女，時東坡通判杭州。這四句言自己只要定個歸期，老天必會准許的。你看我現在身上所穿的春衫，就是當年朝雲親手一針一線縫製的，衣衫上還留下曾被西湖雨水淋溼的痕跡，可見自己與當地已結下不解之緣。東坡此處不直言思念西湖，而說雨溼春衫，更加含蘊有致。正因盼歸心情強烈，以至蒼天也深受感動，自應允其歸去。詳見附錄俞陛雲詞評。

陳世焜《雲韶集》卷五：「風流自賞，氣骨高絕。」又云：「較『襟上杭州舊酒痕』更覺有味。」按：語出白居易〈故衫〉：「闇淡緋衫稱老身，半披半曳出朱門。袖中吳郡新詩本，襟上杭州舊酒痕。殘色過梅看向盡，故香因洗嗅猶存。曾經爛熳三年著，欲棄空箱似少恩。」

況周頤《蕙風詞話》卷二：「東坡詞〈青玉案・用賀方回韻送伯固歸吳中〉，歇拍云：『作個歸期天應許。春衫猶是，小蠻鍼線，曾溼西湖雨。』上三句，未為甚艷。『曾溼西湖雨』是清語，非艷語。與上三句相連屬，遂成奇艷、絕艷，令人愛不忍釋。坡公天仙化人，此等詞猶為非其至者，後學已未易模仿其萬一。」

俞陛雲《唐五代兩宋詞選釋》：「因送友歸吳，憶及松江四橋，並憶及西湖，重撫春衫，聯想及小蠻針線，蓋因西湖陳跡，常在念中，故觸處興懷，結句尤蘊藉多情。元白仁甫《天籟集・永遇樂・游西湖》云：『更耐濛濛細雨，溼了小蠻針線』，即引用此詞也。」

鄭騫〈成府談詞〉：「私見以為代表東坡舒徐韶秀之作，當推〈八聲甘州・寄參寥子〉、〈雨中花慢〉、〈青玉案・和賀方回韻寄伯固〉、〈蝶戀花・京口得鄉書〉諸詞。宋人筆記詩話有謂〈青玉案〉為華亭姚晉作者，其說非是。」

（三）貶謫惠州瓊州時期

殢人嬌　贈朝雲

白髮蒼顏，正是維摩境界。空方丈、散花何礙。朱唇箸點，更髻鬟生彩。這些個，千生萬生只在。好事心腸，著人情態。閒窗下、斂雲凝黛。明朝端午，待學紉蘭為佩。尋一首好詩，要書裙帶。

作於東坡來惠州的第二年，紹聖二年（一〇九五）端午節前一天。惠州，治所在歸善縣（廣東惠州），屬廣南東路。

朝雲：姓王，字子霞（一〇六三—一〇九六），浙江錢塘人，東坡的侍妾。紹聖年間，東坡遭貶嶺南，姬妾遺散，唯朝雲執意相隨。紹聖三年（一〇九六）七月，病逝於惠州。東坡撰〈朝雲墓志銘〉云：「東坡先生侍妾曰朝雲，字子霞，姓王氏，錢塘人。敏而好義，事先生二十有三年，忠敬若一。紹聖三年七月壬辰，卒於惠州，年三十四。八月庚申，葬之豐湖之上棲禪山寺之東南。生子遁，未期而夭。蓋常從比丘尼義沖學佛法，亦粗識大意。」東坡〈悼朝雲（並引）〉亦云：「朝雲始不識字，晚忽學書，粗有楷法。蓋嘗從泗上比丘尼義沖學佛，亦略聞大義。」秦觀贈朝雲詩中說她「美如春園，目似晨曦」。宋代費袞《梁谿漫志》卷四

〈侍兒對東坡語〉云：「東坡一日退朝，食罷，捫腹徐行，顧謂侍兒曰：『汝輩且道是中有何物？』一婢遽曰：『都是文章』，坡不以爲然。又一人曰：『滿腹都是見識』。坡亦未以爲當。至朝雲，乃曰：『學士一肚皮不入時宜。』坡捧腹大笑。」可見其慧黠。

白髮蒼顏二句：謂自己頭髮斑白，面容蒼老，但精神上已達到維摩清淨無欲的境界。維摩，維摩詰的略稱，佛教居士名。維摩詰爲胡語的音譯，意譯爲「淨名」、「無垢稱」。此處東坡係以超然無垢之維摩詰自喻。

空方丈句：謂己在方丈小室研修佛法，朝雲則如天女散花，無所執著滯礙。按：傅幹《注坡詞》：「維摩詰以一丈之室，能容二萬二千師子座，無所妨礙。室中有一天女，每聞說法，便現其身，即以天花散諸菩薩大弟子上。」此乃將自己所居之斗室比喻成維摩所居之方丈，而將朝雲比喻爲散花之天女。方丈，原指維摩詰居住的臥室，只有一丈見方，但容量無限。空方丈，則以「空」形容其室雖小，卻無所妨礙、亦不顯侷促的狀態。天女散花故事，詳《維摩詰所說經．觀眾生品》：「時維摩詰室有一天女，見諸大人聞所說法，便現其身，即以天華散諸菩薩、大弟子上。華至諸菩薩，即皆墮落，至大弟子，便著不墮。一切弟子神力去華，不能令去。爾時，天問舍利弗：『何故去華？』答曰：『此華不如法，是以去之。』天曰：『勿謂此華爲不如法。所以者何？是華無所分別，仁者自生分別想耳！若於佛法出家，有所分別，爲不如法；若無所分別，是則如法。觀諸菩薩華不著者，已斷一切分別想故。譬如人畏時，非人得其便，如是弟子畏生死故，色聲香味觸得其便也。已離畏者，一切五欲無能爲也。結習未盡，華著身耳。結習盡者，華不著也。』」此處東坡言自己「結習已盡」，縱與朝雲相對於狹小空間又何妨？

箸點：用筷子點上一個圓點。箸，筷子。

髻鬟生彩：形容頭髮式樣美麗。

千生萬生句：表示朝雲的形象在自己心中永遠不會磨滅。千生萬生，千輩子、萬輩子。只在，總在。

好事心腸：謂心地善良，熱心助人。

著人情態：謂有體貼他人的情態。張相《詩詞曲語辭匯釋》：「著，猶接也；近也；切也。……蘇軾〈殢人嬌〉詞贈朝雲：『好事心腸，著人情態。』言有貼切人之情態。」著人，貼近人的心，也就是體貼他人，能爲人著想。

斂雲凝黛：收攏雲鬢，凝聚眉頭，形容嚴肅端莊的姿態。雲，雲鬢。黛，眉黛。

紉蘭爲佩：編織蘭草來佩帶。屈原〈離騷〉：「紛吾既有此內美兮，又重之以脩能。扈江離與辟芷兮，紉秋蘭以爲佩。」王逸注：「紉，索也。蘭，香草也，秋而芳。佩，飾也，所以象德。故行清潔者佩芳，德仁明者佩玉，能解結者佩觿，能決疑者佩玦，故孔子無所不佩也。言己脩身清潔，乃取江離、辟芷，以爲衣被；紉索秋蘭，以爲佩飾。」紉，綴結、佩帶。蘭，指蘭草，又名香水蘭、醒頭草，亦稱佩蘭，是古代著名的一種香草，士大夫常將此物放入香囊佩戴身上，既能散發芬芳，也有驅蟲除穢的效用，亦喻有品性高潔之意。

要書裙帶：要在裙帶上寫詩。這是當時的文人雅事。北宋何薳《春渚紀聞》卷六〈東坡事實〉云：「嘉興李巨山，錢安道尚書甥也。先生嘗過安道小酌，其女數歲，以領巾乞詩。公即書絕句云：『臨池妙墨出元常，弄玉嬌癡笑柳娘。吟雪屢曾驚太傅，斷弦何必試中郎。』又於陶安世家，見爲劉唐年君佐小女裙帶上作散隸，書絕句云：『任從酒滿翻香縷，不願書來繫彩箋。半接西湖橫綠草，雙垂南浦拂紅蓮。』每句皆用一事，尤可珍寶也。」

浣溪沙　端午

輕汗微微透碧紈。明朝端午浴芳蘭。流香漲膩滿晴川。　綵線輕纏紅玉臂，小符斜掛綠雲鬟。佳人相見一千年。

或謂此詞乃東坡贈朝雲之作，寫於紹聖二年貶謫惠州時，與〈殢人嬌．贈朝雲〉一首同時作。按：張志烈、馬德富等主編《蘇軾詞集校注》云：「朝雲從東坡居惠州，只過了兩個端午節，東坡作了〈殢人嬌〉詞，其中說『尋一首好詩，要書裙帶』。或以爲所尋即此詞，似不確。明說是詩而不是詞，此其一。尋詩的是朝雲而不是東坡，此其二。因此，不可能說此詞與〈殢人嬌〉就作於同時。此詞的中心意義，就是『佳人相見一千年』的深情祝願，即祝願朝雲健康長壽，又包含地久天長，永諧情好的誓願。……故本詞應作於紹聖三年端午前一日。」惟此詞若與書裙帶事不相關，則其寫作年份亦難以確認必作於惠州時，似依龍本列作不編年爲妥。姑且引錄於此，聊備參考。

輕汗：微少的汗水。

碧紈：綠色薄綢。

浴芳蘭：端午節別名沐蘭節，蓄蘭（貯存春日的蘭草）沐浴是中國古俗。浴蘭是一種潔禮，蘭是辟穢的芳草，故求潔則以蘭煎湯爲浴。而這種習俗可溯源至三代以前。《大戴禮・夏小正》云：「五月……蓄蘭，爲沐浴也。」此即《楚辭・九歌・雲中君》所謂「浴蘭湯兮沐芳」。端午蘭湯沐浴，用以治病、除穢、驅邪，這習俗一直流傳至宋代，仍普遍爲人們所接受，故兩宋詞中多有提及，如歐陽修〈漁家傲〉云：「正是浴蘭時節動。菖蒲酒美清尊共。」又東坡〈少年遊〉云：「蘭條薦浴，菖花釀酒，天氣尚清和。」芳蘭，指菊科的佩蘭。

流香句：此言端午日以蘭湯沐浴的人多，所棄含有蘭香脂粉的水使川流變得上漲且油膩。杜牧〈阿房宮賦〉：「渭流漲膩，棄脂水也。」

綵線句：謂五彩絲線輕輕纏繞紅嫩似玉的手臂上。漢代應劭《風俗通義》（漢唐人多引作《風俗通》）云：「五月五日，以五彩絲繫臂者，辟兵及鬼，令人不病瘟。」綵線，彩色絲線，指五色線。主要是由黃、青、白、黑、紅五種顏色的細線編結而成，代表五行（土、木、金、水、火）以及五方（中央、東、西、北、南）的概念，故民間信其具有驅逐八方瘟病、四季邪氣，避五毒侵害之效。隨著各地習俗發展，五彩絲由驅邪避毒，演變爲應節的裝飾物品，又稱綵絲、綵條等。紅玉，喻女子膚色紅嫩如玉。

小符句：謂小巧的符籙斜掛在如雲般的髮髻上。傅幹《注坡詞》：「《抱朴子》曰：『或問辟五兵之道，答以五月五日作赤靈符，著心前。』今世俗或爲之，多篸於髻鬟之上。」陳元靚《歲時廣記．釵頭符》：「《歲時雜記》：端午剪繒彩作小符兒，爭逞精巧，摻於鬟髻之上，都城亦多撲賣。」端午佩戴小符，用以袪邪驅鬼、保佑平安。綠雲，形容頭髮多而黑。雲鬟，指高聳的環形髮髻。

佳人句：讚美所見佳人，乃千年一遇之美女。或謂佳人即指朝雲，此句乃祝願她健康長壽，彼此能日日相對，直到白首。

西江月

玉骨那愁瘴霧，冰姿自有仙風。海仙時遣探芳叢，倒掛綠毛么鳳。　素面常嫌粉涴，洗妝不褪唇紅。高情已逐曉雲空，不與梨花同夢。

作於紹聖三年（一〇九六）。

按：傅幹《注坡詞》云：「公自跋云：『詩人王昌齡夢中作梅花詩。南海有珍禽，名倒掛子，綠毛，如鸚鵡而小。惠州多梅花，故作此詞。』《（高齋）詩話》云：王昌齡梅詩曰：『落落寞寞路不分，夢中喚作梨花雲。』方知公引用此詩。」可見此乃東坡詠梅之作，旨在寫出惠州梅花獨特之體態與精神。宋人筆記有悼朝雲而作之說，實無憑據，不可採信。

玉骨二句：以擬人法形容惠州梅花潔白晶瑩的體質姿態。玉骨，梅花枝幹的美稱。冰姿，梅花淡雅的姿態。仙風，仙人的風姿、神采。《幼學瓊林》卷四：「冰肌玉骨，乃梅萼之清奇。」

瘴霧，溼熱蒸發致人疾病的霧氣。

倒掛句：嶺南的一種珍禽，綠毛紅嘴，形狀如鸚鵡而小，棲時倒懸在枝上。當地人稱之爲倒掛子。么鳳，鳳凰類中的最小者，此指倒掛子。東坡〈再用前韻〉（前韻指〈十一月二十六日松風亭下梅花盛開〉）：「蓬萊宮中花鳥使，綠衣倒掛扶桑暾。」自注云：「嶺南珍禽有倒掛子，綠毛，紅喙，如鸚鵡而小，白海東來，非塵埃中物也。」

素面兩句：以女子之妝容姿態來擬寫梅花：天然雪白的容顏毋須塗脂抹粉，多餘的脂粉只是汙染了她的美麗；而洗盡鉛華，白淨的臉上不曾褪去的是她天生紅嫩的唇色。前一句寫梅花的潔白無瑕，次一句則點寫梅心暈開的淺淺紅色。兩句中「常嫌」、「不褪」之詞，亦呈現梅之自矜自持的芳姿，正是其下所謂「高情」。涴，弄髒、汙染。

高情二句：謂梅花之高潔情操，隨著清早的白雲一同散去，不屑與梨花同入一夢。指梅花獨開獨謝，不與梨花同時，且其高遠之品格，只有天上白雲可作比擬。此乃反用王昌齡「落落寞寞路不分，夢中喚作梨花雲」詩意。高情，高雅的情致，謝靈運〈述祖德詩〉云：「達人貴自我，高情屬天雲。」按：或謂「曉雲」二字，即借喻朝雲，實乃望文生義。潘游龍《精選古今詩餘醉》卷一三云：「末二句不必有所指，即詠梅絕佳。」

釋惠洪《冷齋夜話》卷一：「東坡南遷，侍兒王朝雲者請從行。……（紹聖）三年七月五日，朝雲卒，葬於棲禪寺松林中，直大聖塔。……作梅花詞曰『玉骨那愁瘴霧』者，其寓意為朝雲作也。」

王楙《野客叢書》卷六：「東坡在惠州，有梅詞〈西江月〉，末云：『高情已逐曉雲空，不與梨花同夢』，蓋悼朝雲而作。」

楊慎《詞品》卷二：「古今梅詞，以坡仙『綠毛么鳳』為第一。」

王世貞《藝苑卮言》引《詞苑》：「『杏花疏影裡，吹笛到天明』，又『高情已逐曉雲空，不與梨花同夢』，爽語也。其詞濃與淡之間也。」

編者按：就詞論詞，此乃詠梅之作，實無悼念之意。詠物述懷，不必指實，只要從虛處體會，自能領略詞中人與物之交涉所形成之意境，而其中自然寓有作者當下特有之心情。東坡見而吟詠，賦予嶺南梅花高潔、堅貞、無畏和超逸之精神，正是他貶謫惠州，不畏艱難，處逆境而不改初衷之心境下創作出來的。由來詩人之借物述懷，將物性與人情融為一體，往往是自我界定生命意義的一種方式。

此詞韻高筆妙，其後姜夔作〈鷓鴣天·己酉之秋苕溪記所見〉一詞頗得其神采。詞曰：「京洛風流絕代人，因何風絮落溪津。籠鞋淺出鴉頭襪，知是凌波縹緲身。　紅乍笑，綠長嘯。與誰同度可憐春。鴛鴦獨宿何曾慣，化作西樓一縷雲。」按：苕溪，一名苕水。有二源，一曰東苕，出浙江天目山之陽；一曰西苕，出天目山之陰。至吳興縣，兩溪合流，由小梅、大淺兩湖口入於太湖。相傳夾岸多苕花，秋時飄散水上如飛雪，故名。白石於秋日苕溪所見景致大抵如此，遂以擬人手法摹寫苕花之飄零，亦賦予此花高雅脫俗之神韻，乃詠物佳品也。惟近人無端生出詠妓之說，真不知所云。

減字木蘭花　己卯儋耳春詞

春牛春杖，無限春風來海上。便丐春工，染得桃紅似肉紅。　春幡春勝，一陣春風吹酒醒。不似天涯，捲起楊花似雪花。

作於哲宗元符二年己卯（一〇九九）正月立春日。

儋耳：即儋州，治所在今海南儋縣西北，轄境相當今海南的西部。

春牛春杖：指「打春牛」活動中的泥牛和木杖。古時習俗，立春日豎起青色的旗幟，在城門外放置泥牛，旁立泥造的耕夫，手拿犁杖，表示勸農之意，象徵春耕的開始。傅幹《注坡詞》：「今立春前五日，郡邑並造土牛、耕夫、犁具於門外之東。是日質明，有司爲壇以祭先農，而官吏各具縷杖環擊牛者三，所以示勸農之意。」春牛，即土牛。春杖，即縷杖，繫有彩絲的木杖。

海上：指南海。

便丐二句：謂乞得春神之力，使桃花染成像肉色一樣鮮亮的紅色。春工，春神之力。此將萬物遇春而發育滋長、大自然生機蓬勃的景象，視作是春神的造化之工。「便丐」，一作「便與」。丐，乞討、祈求。

春幡：迎春的旗子。舊時於立春日掛青色幡旗作爲春至的象徵。也有剪彩做成小旗，插在頭上或掛在樹上以迎春。

春勝：舊時立春日婦女所戴的用絹、箔或紙製成花紋或圖案的飾物。春勝，剪綵綢成兩斜方形並互相連結的首飾。唐宋時於立春日常剪春勝爲戲。東坡〈章錢二君見和復次韻答之〉詩二首之二：「分無纖手裁春勝，況有新詩點蜀酥。」

不似二句：謂海南地暖，花開得早，柳也長得快，立春日已見東風捲起柳絮，如雪花飛舞，這好像中原早春的景色，令人沒有身處天涯海角的感覺。傅幹《注坡詞》：「桃紅楊花，每見仲春之時。南海地暖，方春已盡。」天涯，天的邊際，指遙遠的地方，此處指作者被貶謫的海南島。楊花，指柳絮。

千秋歲　次韻少游

島邊天外，未老身先退。珠淚濺，丹衷碎。聲搖蒼玉佩，色重黃金帶。一萬里，斜陽正與長安對。　道遠誰云會，罪大天能蓋。君命重，臣節在。新恩猶可覬，舊學終難改。吾已矣，乘桴且恁浮於海。

作於哲宗元符二年。按：此乃次韻秦觀〈千秋歲〉詞而作。鄭騫《詞選》云：「少游四十六至四十八歲謫監處州（浙江麗水）酒稅；四十七歲時遊府治南園作此詞。後范成大愛其花影鶯聲之句，即其地建鶯花亭。見秦瀛所撰年譜。據《花庵詞選》注語，知其亭南宋末尚在。《獨醒雜志》云南遷過衡陽作，且云其後不久即卒，大謬。《淮海集・西池（應作城）宴集》詩題注云：『元祐七年三月上巳，詔賜館閣官花酒，以中瀚日游金明池、瓊林苑，又會於國夫人園，會者二十有六人。』據年譜，少游是年方爲秘密省正字，所謂館閣官也。右詞作於其後三年。此詞在當時極有名，和者甚眾。」詳下引《能改齋漫錄》。

島邊：儋州在海南島上，故云。

未老句：《禮記・曲禮上》：「七十曰老。……大夫七十而致事。」鄭玄注：「致其所掌之事於君而告老。」時東坡年六十三而遠謫海南，故云。

丹衷：丹心，赤誠的心。

蒼玉珮：青玉製作的佩飾，古代貴人官員以佩玉爲飾。

黃金帶：古代官員的章服束帶。宋初五品以上官員束金玉帶或金帶。

一萬里：《宋朝事實》卷十九：「昌化軍，唐爲儋州昌化縣。熙寧六年，廢州爲軍。」《元豐九域志》卷九：「昌化軍，治宜倫縣，地里：東京七千二百八十五里。」此稱萬里，蓋舉其整數，極言貶謫之遠。

長安：即帝都，此指汴京。

罪大句：謂己之罪孽深重，但君王能給予寬饒。天，喻君王。

君命重：言君王詔命重大。

臣節：人臣的節操。

新恩二句：謂猶可希冀得到皇上的恩典，但自己舊時習得的學術信念則終究難以改變。此言雖遭貶謫，但不改其度。覬，覬覦，非分的希望或企圖。舊學，以前學習的知識及其所形成的理念，往往是指儒家修身治國的學問。

乘桴：乘坐竹、木編製的小筏。《論語・公冶長》：「子曰：『道不行，乘桴浮於海，從我者其由與。』」

恁：如此，這樣。

吳曾《能改齋漫錄》卷十七〈樂府〉：「秦少游所作〈千秋歲〉詞，予嘗見諸公唱和親筆，乃知在衡陽時作也。少游云：『至衡陽，呈孔毅甫使君。』其詞云云，今更不載。毅甫本云：

『次韻少游見贈。』其詞云：『春風湖外，紅杏花初退。孤館靜，愁腸碎。淚餘痕在枕，別久香銷帶。新睡起，小園戲蝶飛成對。　惆悵誰人會，隨處聊傾蓋。情暫遣，心何在。錦書消息斷，玉漏花陰改。遲日暮，仙山杳杳空雲海。』其後東坡在儋耳，姪孫蘇元老因趙秀才還自京師，以少游、穀甫所贈酬者寄之。東坡乃次韻，錄示元老，且云：『便見其超然自得，不改其度之意。』其詞云：『島邊天外，未老身先退。珠淚濺，丹衷碎。聲搖蒼玉佩，色重黃金帶。一萬里，斜陽正與長安對。　道遠誰云會，罪大天能蓋。君命重，臣節在。新恩猶可覬，舊學終難改。吾已矣，乘桴且恁浮於海。』豫章題云：『少游得謫，嘗夢中作詞云：「醉臥古藤陰下，了不知南北。」竟以元符庚辰，死於藤州光華亭上。崇寧甲申，庭堅竄宜州，道過衡陽，覽其遺墨，始追和其〈千秋歲〉。』詞云：『苑邊花外，記得同朝退。飛騎軋，鳴珂碎。齊歌雲繞扇，趙舞風回帶。嚴鼓斷，盃盤狼藉猶相對。　灑淚誰能會，醉臥藤陰蓋。人已去，詞空在。兔園高宴悄，虎觀英游改。重感慨，波濤萬頃珠沉海。』《晁無咎集》中嘗載此詞，而非是也。少游詞云：『憶昔西池會，鵷鷺同飛蓋。』亦為在京師與穀甫同在於朝，敘其為金明池之游耳。今越州、處州皆指西池在彼，蓋未知其本源而云也。」

朱熹《朱子大全・文集》卷四十五〈答廖子晦〉引此詞曰：「情真詞摯，決為真事。」

鄭騫〈成府談詞〉：「秦少游〈千秋歲〉『飛紅萬點愁如海』和者甚眾，黃山谷作『波濤萬頃珠沉海』最佳；此詞亦見《晁無咎集》，恐無咎無此筆力。晁集末句作『驚濤自捲珠沉海』，亦不如『波濤萬頃』。東坡在海南時亦有和作，云（詞略）……蒼涼兀傲，真所謂『文章老更成』者。此詞《東坡樂府》不載，見於《能改齋漫錄》。」

附錄：秦觀〈千秋歲〉：「水邊沙外，城郭春寒退。花影亂，鶯聲碎。飄零疏酒盞，離別寬衣帶。人不見，碧雲暮合空相對。　憶昔西池會，鵷鷺同飛蓋。攜手處，今誰在。日邊清夢斷，鏡裡朱顏改。春去也，飛紅萬點愁如海。」

五、未編年詞

賀新郎

乳燕飛華屋。悄無人，桐陰轉午，晚涼新浴。手弄生綃白團扇，扇手一時似玉。漸困倚、孤眠清熟。簾外誰來推繡戶，枉教人夢斷瑤臺曲。又卻是、風敲竹。　石榴半吐紅巾蹙。待浮花浪蕊都盡，伴君幽獨。濃豔一枝細看取，芳心千重似束。又恐被、西風驚綠。若待得君來向此，花前對酒不忍觸。共粉淚、兩簌簌。

此詞寫作年代不詳。按：此詞有不少附會之說，均不可信。俞平伯《唐宋詞選釋》說：「關於本詞也有一些故事，有謂爲官妓秀蘭而作（見楊湜《古今詞話》），胡仔已駁之）。有謂爲侍妾榴花作（見陳鵠《耆舊續聞》卷二）。有謂在杭州萬頃寺作，寺有榴花。這些都不過傳說而已。如『寺有榴花』云云，疑即從白居易〈題孤山寺山石榴花〉詩而附會之。」

乳燕：雛燕，小燕子。

桐陰轉午：桐樹的陰影逐漸轉移，指向午後。

生綃白團扇：白色生絲製的團扇。生綃，生絲織成的薄絹。團扇，圓形的扇子。

扇手句：謂美人手裡把玩著白團扇，她的膚色、扇色都像玉一樣的潔白，一時分不清哪是手哪是扇柄。典出《世說新語・容止》：「王夷甫容貌整麗，妙於談玄，恆捉白玉柄麈尾，與手都無分別。」

瑤臺曲：指仙樂。瑤臺，仙人居住的地方，傳說在崑崙山。此處之「曲」亦有解作深曲隱僻之處者。

風敲竹：李益〈竹窗聞風寄苗發司空曙〉：「開門復動竹，疑是故人來。」此言醒後方知不是敲門聲，是風敲竹聲。

石榴句：形容榴花半開，像是有褶皺的紅巾。白居易〈題孤山寺山石榴花示諸僧眾〉：「山榴花似結紅巾，容豔新妍占斷春。」蹙，皺也，屈折卷縮的樣子。

浮花浪蕊：指尋常的花草。浮浪，輕浮漫浪，指人的舉止隨便，不端莊，散漫放任，不受拘束。此處以眾花之浮薄，襯托石榴花之高雅脫俗。傅幹《注坡詞》：「韓退之（〈杏花〉）：『浮花浪蕊鎮長有，纔開還落瘴霧中。』石榴繁盛時，百花零落盡矣。」

伴君幽獨：與孤獨幽靜的你相伴。君，指美人。幽獨，靜寂孤獨，默然自守；有時亦指寂靜孤獨的人。屈原《九章・涉江》：「哀吾生之無樂兮，幽獨處乎山中。」陳子昂〈感遇〉：「幽獨空林色，朱蕤冒紫莖。」姜夔〈疏影〉：「想佩環月夜歸來，化作此花幽獨。」按：「幽獨」是全詞的關鍵語。女子幽獨，石榴花也幽獨，彼此爲伴，同心相憐。此處開闔之間，自然將人花合一，同歸於幽獨。

芳心句：以重瓣石榴花喻美人層層包蘊的芳心，像有沉重心事，鬱結難解。

西風驚綠：謂夏日一過，秋風來時，石榴枝葉上的綠葉恐怕也會受驚而凋落。

兩簌簌：謂美人的粉淚與石榴的花瓣紛紛飄落。簌簌，狀聲詞，形容細碎不斷的聲音，亦形容細物紛紛墜下的樣子。

胡仔《苕溪漁隱叢話》前集卷三十九：「〈賀新郎〉詞『乳燕飛華屋』，本詠夏景，至換頭但只說榴花。蓋其文章之妙，語義到處即為之，不可限以繩墨也。」又云：「東坡此詞，冠絕古今，託意高遠。」

項安世《項氏家說》卷八：「蘇公『乳燕飛華屋』之詞，興寄最深，有《離騷經》之遺法，蓋以興君臣遇合之難，一篇之中，殆不止三致意焉。瑤臺之夢，主恩之難常也。幽獨之情，臣心之不變也。恐西風之驚綠，憂讒之深也。冀君來而共泣，忠愛之至也。其首尾佈置，全類《邶・柏舟》。或者不察其意，多疑末章專賦石榴，似與上章不屬，而不知此篇意最融貫也。」

吳師道《吳禮部詩話》：「東坡〈賀新郎〉詞『乳燕飛華屋』云云，後段『石榴半吐紅巾蹙』以下皆詠榴。〈卜算子〉『缺月掛疏桐』云云，『縹緲孤鴻影』以下皆說鴻。別一格也。」

王又華《古今詞論》引毛稚黃語：「前半泛寫，後半專敘，蓋宋詞人多此法。如子瞻〈賀新涼〉後段只說榴花，〈卜算子〉後段只說鳴雁，周清真〈寒食詞〉後段只說邂逅，乃更覺意長。」

沈雄《古今詞話．詞品上卷》引劉體仁語：「換頭處不欲全脫，不欲明粘。能如畫家開闔之法，一氣而成，則神味自足，有意求之不得也。宋人多於過變處言情，然其氣已全於上段矣，另作頭緒，便不成章。至如東坡〈賀新郎〉『乳燕飛華屋』，其換頭『石榴半吐』皆詠石榴，〈卜算子〉『缺月掛疏桐』，其換頭『縹緲孤鴻影』皆詠鴻，又一變也。」

黃蘇《蓼園詞評》：「前一闋是寫所居之幽僻，次闋又借榴花以比此心蘊結，未獲達於朝廷，又恐其年已老也。末四句是花是人，婉曲纏綿，耐人尋味不盡。」

俞陛雲《唐五代兩宋詞選釋》：「此詞極寫其特立獨行之概。以上闋『孤眠』之『孤』字，下闋『幽獨』之『獨』字，表明本意。『新浴』及『扇手』三句喻其身之潔白，焉能與浪蕊浮花為伍，猶屈原不能以皓皓之白，入汶汶之世也。下闋『芳心千重似束』句及『秋風』句言已深閉退藏，而人猶不恕，極言其憂讒畏譏之意。對花真賞，知有何人，惟有沾襟之粉淚耳。」

顏崑陽《蘇辛詞選釋》：「古人也注意到這首詞奇特的章法，上半寫人，下半寫榴花，不純是抒情敘事，也不純是詠物。……其實這種章法，應該是由李商隱的詠物詩變過來的。李商隱的〈野菊〉（苦竹園南椒塢邊）、〈蟬〉（本以高難飽）、〈落花〉（高閣客竟去）等，這些詠物詩，都是人、物雙寫，兩線並行，卻又彼此交融為一，寫人即是寫物。當然，這類詠物之作，的確是變格。」

行香子　述懷

清夜無塵，月色如銀。酒斟時、須滿十分。浮名浮利，虛苦勞神。歎隙中駒，石中火，夢中身。　雖抱文章，開口誰親。且陶陶、樂盡天真。幾時歸去，作個閒人。對一張琴，一壺酒，一溪雲。

浮名句：謂追逐虛浮不定的功名利祿，徒勞無益，耗損精神。

隙中駒：形容人生短暫，如日影移過牆壁縫隙一般。《莊子・知北遊》：「人生天地之間，若白駒之過郤（隙），忽然而已。」古人將日影喻爲白駒。

石中火：比喻生命短促，像擊石迸出一閃即滅的火花。石火，以石敲擊，迸發出的火花。劉晝《劉子新論・惜時》：「人之短生，猶如石火，炯然以過，唯立德貽愛，爲不朽也。」《文選》潘岳〈河陽縣作〉李善注引古樂府詩：「鑿石見火能幾時。」李白〈擬古十二首〉之三：「石火無留光，還如世中人。」白居易〈對酒五首〉其二：「蝸牛角上爭何事，石火光中寄此身。」

夢中身：謂人身處大夢中，一切都屬虛幻。《莊子・齊物論》：「方其夢也，不知其夢也，夢之中又占其夢焉，覺而後知其夢也。且有大覺而後知此其大夢也，而愚者自以爲覺。」《關尹子・四符篇》：「知夫此身如夢中身，隨情所見者，可以飛神作我而游太清。」許渾〈題蘇州虎丘寺僧院〉：「萬里高低門外路，百年榮辱夢中身。」

陶陶：和樂舒暢貌。《詩經・王風・君子陽陽》：「君子陶陶，左執翿，右招我由敖，其樂只且。」劉伶〈酒德頌〉：「無思無慮，其樂陶陶。」

俞陛雲《唐五代兩宋詞選釋》：「一氣寫出，自樂其天，快人快語。放翁、山谷集中，時亦見之。」

行香子　病起小集

昨夜霜風，先入梧桐。渾無處、回避衰容。問公何事，不語書空。但一回醉，一回病，一回慵。　朝來庭下，飛英如霰，似無言、有意催儂。都將萬事，付與千鍾。任酒花白，眼花亂，燭花紅。

小集：少數人隨興的集會。

昨夜三句：由秋風起興，導入衰病的感慨。霜風是淒冷的風，最先受到凋傷的是梧桐樹。韓愈〈秋懷詩十一首〉其九：「霜風侵梧桐，眾葉著樹乾。」秋風一到，梧桐葉落，容易觸動人們對自己生命裡美好時光消逝的感傷，所以說完全無法迴避自己容顏衰老的事實。渾，完全，簡直。

書空：用手指在空中虛劃字形。《世說新語・黜免》：「殷中軍（名浩）被廢在信安，終日恆書空作字。揚州吏民尋義逐之，竊視，唯作『咄咄怪事』四字而已。」

飛英如霰：落花宛似雪珠飄灑。霰，雨點遇冷空氣凝成的雪珠，降落時呈白色不透明的小冰粒，多降於下雪之前。歐陽修〈玉樓春〉：「洛城春色待君來，莫到落花飛似霰。」

似無言句：謂落花看似默默無言，它的凋零卻彷彿有意在催我驚覺年華的老去。儂，吳語，即我的意思，表第一人稱。

付與千鍾：付託給酒，即付之於醉也。千鍾，即千杯酒。鍾，盛酒的器具。

任酒花白三句：謂只好任由自己在燭光搖曳中，喝下一杯一杯的酒，喝到醉眼昏花。酒花，酒中所浮泛的泡沫。眼花，視力模糊，看不清楚。燭花，蠟燭的火焰。李煜〈玉樓春〉：「歸時休放燭花紅，待踏馬蹄清夜月。」

浣溪沙　詠橘

菊暗荷枯一夜霜。新苞綠葉照林光。竹籬茅舍出青黃。　香霧噀人驚半破，清泉流齒怯初嘗。吳姬三日手猶香。

詠橘：詞題見傅幹《注坡詞》。東坡喜食柑橘、種柑橘、吟柑橘，關於柑橘的文字較多。

菊暗句：一夜霜凍過後，菊花凋殘，荷花枯萎，而此時正是橘熟之時。橘經霜之後，顏色開始變黃而味道也更美。白居易〈揀貢橘書情〉：「珠顆形容隨日長，瓊漿氣味得霜成。」菊暗，謂菊花凋謝失去光彩，呈暗色。

新苞：指初生的橘子。沈約〈園橘〉：「綠葉迎露滋，朱苞待霜潤。」

青黃：形容橘子將熟未熟時青黃交雜的顏色。屈原〈橘頌〉：「青黃雜糅，文章爛兮。」洪興祖注：「橘實初青，既熟則黃。」

香霧句：謂令人驚訝的是，橘子剝開一半，向人噴出清香的氣味。劉峻〈送橘啟〉：「始霜之旦，采之風味照座，擘之香霧噀人。」韓彥直《橘錄》卷上〈眞柑〉：「眞柑在品類中最貴可珍……始霜之旦，園丁采以獻，風味照座，擘之則香霧噀人。」噀，將水含在口中噴出去。

清泉流齒：此謂橘汁如泉，流齒牙間。東坡〈食柑〉：「清泉簌簌先流齒，香霧霏霏欲噀人。」

吳姬：吳地少女。

俞陛雲《唐五代兩宋詞選釋》：「此作純用賦體，描寫確肖。」

浣溪沙

道字嬌訛語未成。未應春閣夢多情。朝來何事綠鬟傾。　綵索身輕長趁燕，紅窗睡重不聞鶯。困人天氣近清明。

道字句：謂少女嬌憨，說起話來咬字不清，語不成句，使人聽不分明。形容少女尚帶稚嫩之氣。李白〈對酒〉：「青黛畫眉紅錦靴，道字不正嬌唱歌。」道字，說話吐字。訛，錯誤，此指咬字不準。

未應句：言女子不可能在閨閣中懷春作夢。此處乃揣測女子年齡尚小，應不懂男女之事。

綠鬟傾：頭髮散亂，鬟髻歪斜。綠鬟，烏黑發亮的髮髻，泛指婦女美麗的頭髮。鬟，婦女頭髮挽成中空環形的一種髮髻。白居易〈閨婦〉：「斜憑繡床愁不動，紅綃帶緩綠鬟低。」

綵索：鞦韆架上的繩。韓愈〈寒食直歸遇雨〉：「不見紅毬上，那論綵索飛。」錢仲聯《集釋》引孫汝聽曰：「《古今藝術圖》曰：『北方山戎寒食日用鞦韆爲戲。』綵索即謂鞦韆戲也。」裴說〈清明〉：「畫毬輕蹴壼中地，綵索高飛掌上身。」

趁燕：趕上燕子，喻盪鞦韆時身輕如燕。傅幹《注坡詞》：「戲鞦韆也。婦女體輕，高低往來如飛燕。」趁，追逐、追趕。

紅窗句：言濃睡不起，連窗外的鶯啼聲也聽不見。金昌緒〈春怨〉：「打起黃鶯兒，莫教枝上啼。啼時驚妾夢，不得到遼西。」此反用其意，說連黃鶯也不能把她喚醒。睡重，指酣睡。

困人句：謂如此令人困倦不已的，是因爲接近清明，天氣溼悶的緣故吧。

賀裳《皺水軒詞筌》：「蘇子瞻有銅琵鐵板之譏，然其〈浣溪沙・春閨〉曰：『綵索身輕長趁燕，紅窗睡重不聞鶯。』如此風調，令十七八女郎歌之，豈在『曉風殘月』之下？」

沈雄《古今詞話・詞話上卷》：「（王世貞）弇州詞評曰：永叔、長公，極不能作麗語，而亦有之。永叔如『當路游絲縈醉客，隔花啼鳥喚行人』，長公如『綵索身輕長趁燕，紅窗睡重不聞鶯』，勝人百倍。」

浣溪沙

風壓輕雲貼水飛。乍晴池館燕爭泥。沈郎多病不勝衣。　沙上不聞鴻雁信，竹間時聽鶗鴂啼。此情惟有落花知。

燕爭泥：指燕子趁著天晴爭著銜泥築巢。

乍晴：雨後初晴。乍，初、剛剛。

沈郎句：以病瘦的沈約自比。沈約，字休文，南朝梁詩人。他在〈與徐勉書〉中說：「百日數旬，革帶常應移孔。」意思是說因多病而腰圍消瘦。後遂以「沈腰」代指多病。不勝衣，形容身體消瘦無力，不能負荷衣裳的重量。不勝，承受不了。

鴻雁信：古人有鴻雁傳書的說法。據《漢書・蘇武傳》，漢昭帝時，匈奴與漢和親，漢請釋放被扣押的蘇武，匈奴謊稱蘇武已死。使者告訴單于，說漢天子射獵上林中，得鴻雁，雁足繫帛書，言蘇武等在某澤中。匈奴不得已只好釋放蘇武。後比喻投寄書信或書信往來。

鷓鴣啼：鷓鴣鳥鳴聲凄切，如言「行不得也哥哥」，故遊子在行旅中最怕聽到鷓鴣啼叫，因爲會引起思鄉情緒，心裡難受。

此情句：謂一己傷逝怨別之情，只有落花能理解。蓋春之驟然歸去，如人之美好韶光易逝，而花之無端掉落，則如人之身世飄零，這種不能自主、無可奈何的境況，物我同調，故能相知。然而，既曰惟有落花能知此情，則除此之外便無其他知音了。再者，落花何曾會人言語？即使相互理解，也難出言相慰。此處以落花爲唯一知己，道是有情卻無情，乃極沉痛之語也。

李廷機《新刻注釋草堂詩餘評林》卷三：「古詩云：『乍晴乍雨花自落，閒愁閒悶日偏長。』可以為此評。」

黃蘇《蓼園詞評》：「按此作其在被謫時乎？首尾自喻。『燕爭泥』，喻別人得意，『沈郎』，自比。『未聞鴻雁』，無佳信息也。『鶗鴂啼』，聲淒切也。通首婉惻。」

唐圭璋《南唐二主詞彙箋》引李攀龍曰：「上是惜郎病，深情最穩；下是假落花，知己難言。」按：明以後諸詞集選本有將此詞收作李璟或李煜者，唐圭璋《宋詞互見考》云：「案此首蘇軾詞，見四印齋元本《東坡詞》，類編本《草堂詩餘》誤作李璟。」

蝶戀花

記得畫屏初會遇。好夢驚回，望斷高唐路。燕子雙飛來又去，紗窗幾度春光暮。

那日繡簾相見處。低眼佯行，笑整香雲縷。斂盡春山羞不語，人前深意難輕訴。

望斷：望盡。

高唐：戰國時楚國臺館名，在雲夢澤中，楚王遊獵之所，一說在江漢平原。宋玉〈高唐賦〉載楚王遊高唐，夢見巫山神女，「旦爲朝雲，暮爲行雨」，自願薦寢事。後用此典喻男女戀情。

低眼二句：形容女子半羞半喜之態。她不好意思地低垂雙眼，假裝走過，卻微笑著用手整理自己的鬢髮。佯，假裝、僞裝。香雲縷，濃密又帶著香氣的頭髮。雲，即雲鬢，捲曲如雲的鬢髮。

斂盡春山：言緊皺眉頭。春山，比喻女子秀美的眉毛。典出葛洪（或作劉歆）〈西京雜記〉卷二：「文君姣好，眉色如望遠山。」春色點染的山容，其色黛青，如婦女眉色。

蝶戀花

蝶懶鶯慵春過半。花落狂風，小院殘紅滿。午醉未醒紅日晚，黃昏簾幕無人捲。
雲鬢鬅鬆眉黛淺。總是愁媒，欲訴誰消遣。未信此情難繫絆，楊花猶有東風管。

雲鬢句：言頭髮散亂，眉黛也褪了色，形容女子苦悶，無心打扮之態。鬅鬆，同蓬鬆，指頭髮散亂的樣子。眉黛淺，指女子眉間黛墨脫落，顏色變淺。黛，一種青黑色的顏料，古時女子用來畫眉。

總是二句：謂一切都是使人不愉快的事物，想向人訴說，可是說了又怎樣？誰能為我排解？愁媒，指引起愁情的媒介，這裡指暮春景致處處皆能生愁。消遣，排除、消解。

未信二句：她不相信這份情懷一無依託，難以有個著落，那到處飛揚的柳絮不是還有東風來關照嗎？兩句意謂楊花尚有東風吹拂照管，難道自身連楊花也不如？繫絆，約束、羈絆。楊花，即柳絮。

蝶戀花

花褪殘紅青杏小，燕子飛時，綠水人家繞。枝上柳綿吹又少，天涯何處無芳草。

牆裡鞦韆牆外道，牆外行人，牆裡佳人笑。笑漸不聞聲漸悄，多情卻被無情惱。

青杏：青澀尚未成熟的杏果。

柳綿：即柳絮。柳絮有白色柔毛如綿，故稱柳綿。

天涯句：謂春光已晚，芳草長遍天涯。俞平伯《唐宋詞選釋》：「言春光已晚，且有思鄉之意。《離騷》：『何所獨無芳草兮，又何懷乎故宇。』傳作者在惠州命朝雲歌此詞。朝雲淚滿衣襟，說：『奴所不能歌，是「枝上柳綿吹又少，天涯何處無芳草」也。』」因此句觸動鄉思，故朝雲不能歌。

多情句：多情，指行人，他聽牆內佳人笑聲而感觸生情。無情，指牆裡佳人，她遊戲歡笑，出於無意，並不知牆外有聽者。俞平伯《唐宋詞選釋》：「《詩人玉屑》卷二十引《古今詞話》說此句：『蓋行人多情，佳人無情耳。』《詩詞曲語辭匯釋》卷五：『言牆裡佳人之笑，本出於無心情，而牆外行人聞之，枉自多情，卻如被其撩撥矣。』張釋較詳，又說『惱』爲『撩』。按『惱』字仍從煩惱取義，被引起煩惱，即是被撩撥。」

明代張岱《琅嬛記》卷中引《青泥蓮花記》云：「子瞻在惠州，與朝雲閒坐，時青女初至，落木蕭蕭，淒然有悲秋之意。命朝雲把大白，唱『花褪殘紅』。朝雲歌喉將囀，淚滿衣襟。子瞻詰其故，答曰：『奴所不能歌，是「枝上柳綿吹又少，天涯何處無芳草」是也。』子瞻翻然大笑曰：『是吾正悲秋，而汝又傷春矣。』遂罷。朝雲不久抱疾而亡，子瞻終身不復聽此詞。」（又見《詞林紀事》卷五引《林下詞談》。）按：朝雲之所以淚滿衣襟，不能唱此曲，是因為「枝上柳綿吹又少，天涯何處無芳草」兩句，觸動了她去遠思歸的情懷。

俞彥《爰園詞話》：「古人好詞，即一字未易彈，亦未易改。子瞻『綠水人家繞』，別本『繞』作『曉』，為《古今詞話》所賞。愚謂『繞』字雖平，然是實境。『曉』字無皈著，試通詠全章便見。」

王士禛《花草蒙拾》：「『枝上柳綿』，恐屯田（柳永）緣情綺靡，未必能過。孰謂坡但解作『大江東去』耶？髯直是軼倫絕群。」

黃蘇《蓼園詞評》：「『柳綿』自是佳句，而次闋尤為奇情四溢也。」

俞陛雲《唐五代兩宋詞選釋》：「絮飛花落，每易傷春。此獨作曠達語。下闋牆內外之人，干卿底事，殆偶聞秋千笑語，發此妙想，多情而實無情，是色是空，公其有悟耶？」

附錄一：東坡詞評錄要

■彭乘《墨客揮犀》卷四：「子瞻嘗自言，平生有三不如人，謂著棋、吃酒、唱曲也。然三者亦何用如人？子瞻之詞雖工，而多不入腔，正以不能唱曲耳。」

■陳詩道《後山詞話》：「退之以文為詩，子瞻以詩為詞，如教坊雷大使之舞，雖極天下之工，要非本色。今代詞手，惟秦七、黃九爾，唐諸人不逮也。」

■俞文豹《吹劍續錄》：「東坡在玉堂日，有幕士善謳，因問：『我詞比柳詞何如？』對曰：『柳郎中詞，只好十七八女孩兒執紅牙板，歌「楊柳岸曉風殘月」。學士詞，須關西大漢執鐵板，唱「大江東去」。』公為之絕倒。」

■王灼《碧雞漫志》卷二：「東坡先生以文章餘事作詩，溢而作詞曲，高處出神入天，平處尚臨鏡笑春，不顧儕輩。」

■又云：「長短句雖至本朝盛，而前人自立，與真情衰矣。東坡先生非醉心於音律者，偶爾作歌，指出向上一路，新天下耳目，弄筆者始知自振。」

■吳曾《能改齋漫錄》卷十六載晁補之語：「蘇東坡詞，人謂多不諧音律。然居士詞橫放傑出，自是曲子中縛不住者。」

■胡寅〈酒邊詞序〉：「及眉山蘇氏，一洗綺羅薌澤之態，擺脫綢繆宛轉之度，使人登高望遠，舉首高歌，而逸懷浩氣，超然乎塵垢之外。於是花間為皂隸，而柳氏為輿臺矣。」

■陸游《老學庵筆記》卷五：「世言東坡不能歌，故所作樂府多不協。晁以道云：『紹聖初，與東坡別於汴上。東坡酒酣，自歌〈古陽關〉。』則公非不能歌，但豪放不喜剪裁以就聲律耳。試取東坡諸詞歌之，曲終，覺天風海雨逼人。」

■元好問〈新軒樂府引〉：「唐歌詞多宮體，又皆極力為之。自東坡一出，情性之外，不知有文字，真有『一洗萬古凡馬空』氣象。雖時作宮體，亦豈可以宮體概之？人有言，樂府本不難作，從東坡放筆後便難作。……東坡聖處，非有意於文字之為工，不得不然之為工也。坡以來，山谷、晁無咎、陳去非、辛幼安諸公，俱以歌詞取稱，吟詠情性，留連光景，清壯頓挫，能起人妙思。亦有語意拙直，不自緣飾，因病成妍者，皆自坡發之。」

■劉辰翁〈辛稼軒詞序〉：「詞至東坡，傾蕩磊落，如詩如文，如天地奇觀，豈與群兒雌聲學語較工拙，然猶未至用經用史，牽雅頌入鄭衛也。」

■張炎《詞源》卷下：「東坡詞如〈水龍吟〉詠楊花、詠聞笛，又如〈過秦樓〉、〈洞仙歌〉、〈卜算子〉等作，皆清麗舒徐，高出人表；〈哨遍〉一曲，隱括〈歸去來辭〉，更是精妙，周、秦諸人所不能到。」

■《四庫全書總目》卷一九八《東坡詞》：「詞自晚唐五代以來，以清切婉麗為宗。至柳永而一變，如詩家之有白居易。至蘇軾而又一變，如詩家之有韓愈，遂開南宋辛棄疾等一派。尋源溯流，不能不謂之別格，然謂之不工則不可。」

■王士禛《花草蒙拾》：「名家當行，固有二派。蘇公自云：『吾醉後作草書，覺酒氣拂拂，從十指間出。』黃魯直亦云：『東坡書挾海上風濤之氣。』讀坡詞當作如是觀。瑣瑣與柳七較錙銖，無乃為髯公所笑。」

■周濟《介存齋論詞雜著》：「人賞東坡粗豪，吾賞東坡韶秀。韶秀是東坡佳處，粗豪則病也。」

■劉熙載《詞概》：「東坡詞頗似老杜詩，以其無意不可入，無事不可言也。若其豪放之致，則時與太白為近。」

■陳廷焯《白雨齋詞話》卷一：「東坡詞寓意高遠，運筆空靈，措語忠厚，其獨至處，美成、白石亦不能到。」

■王鵬運《半塘遺稿》：「北宋人詞，如潘逍遙之超逸，宋子京之華貴，歐陽文忠之騷雅，柳屯田之廣博，晏小山之疏俊，秦太虛之婉約，張子野之流麗，黃文節之雋上，賀方回之醇肆，皆可模擬得其彷彿。唯蘇文忠之清雄，敻乎軼塵絕世，令人無從步趨。蓋天壤相懸，寧止才華而已？其性情，其學問，其襟抱，舉非恆流所能夢見。詞家蘇辛並稱，其實辛猶人境也，蘇其殆仙乎！」

■夏敬觀《手批東坡詞》：「東坡詞如春花散空，不著跡象，使柳枝歌之，正如天風海濤之曲，中多幽咽怨斷之音，此其上乘也。若夫激昂排宕，不可一世之概，陳無己所謂『如教坊雷大使之舞，雖極天下之工，要非本色』，乃其第二乘也。」

■蔡嵩雲〈柯亭詞論〉：「東坡詞，胸有萬卷，筆無點塵。其闊大處，不在能作豪放語，而在其襟懷有涵蓋一切氣象。若徒襲其外貌，何異東施效顰。東坡小令，清麗紆徐，雅人深致，另闢一境。設非胸襟高曠，焉能有此吐屬。」

■王易《詞曲史》：「自有柳耆卿，而詞情始盡纏綿；自有蘇子瞻，而詞氣始極暢旺。柳詞足以充詞之質；蘇詞足以大詞之流。非柳無以發兒女之情；非蘇無以見名士之氣。以方古文，則分具陰柔陽剛之美者也。故後之言詞者並舉二家為宗，而東坡沾溉尤溥矣。」

■鄭騫〈成府談詞〉：「張炎《詞源》：『東坡詞如〈水龍吟〉詠楊花、詠聞笛，又如〈過秦樓〉、〈洞仙歌〉、〈卜算子〉等作，皆清麗舒徐，高出人表。』周濟《介存齋論詞雜著》：『人賞東坡粗豪，吾賞東坡韶秀。韶秀是東坡佳處，粗豪則病也。』清麗舒徐，韶秀，皆是蘇詞確評，而古今罕道及此者。蘇詞與辛不同處，即在舒徐二字；韶秀則稼軒偶然能到。欲證此論須讀全集，張氏所舉諸例，但舉其似己者耳，殊非東坡上乘。」又云：「予近年始知〈水龍吟・聞笛〉確是絕妙好詞，張氏所舉其餘四首則始終不能欣賞。私見以為代表東坡舒徐韶秀之作，當推〈八聲甘州・寄參寥子〉、〈雨中花慢〉、〈青玉案・和賀方回韻寄伯固〉、〈蝶戀花・京口得鄉書〉諸詞。」

■劉若愚《北宋六大詞家》（***Major Lyricists of the Northern Sung***）第三章「理性和機智」：「對蘇軾而言，詞已經不僅是歌詞而已，而是一種文學體裁，適用於各種主題，自崇高偉大至荒誕不經皆可以入詞。他可以像前人一樣以詞寫美女和宴樂或離愁和鄉思，而獨成一格的是他寫出了他對人生及歷史的深刻看法，把理性的因子帶入詞，這在他之前幾乎未有的。更值得一提的是，他將機智和詼諧灌注到他的詞裡——這也是前人詞中所缺少的性質。即使他寫愛情，他也能將喜劇性注入陳舊老套。」

附：蘇辛異同論

■ 納蘭成德《淥水亭雜識》卷四：「詞雖蘇辛並稱，而辛實勝蘇。蘇詩傷學，詞傷才。」

■ 周濟《介存齋論詞雜著》：「世以蘇辛並稱。蘇之自在處，辛偶能到；辛之當行處，蘇必不能到。二公之詞，不可同日語也。」

■ 周濟《宋四家詞選・序論》：「蘇辛並稱。東坡天趣獨到處，殆成絕詣，而苦不經意，完璧甚少。稼軒則沈著痛快，有轍可循，南宋諸公無不傳其衣缽。固未可同年而語也。」

■ 謝章鋌《賭棋山莊詞話》卷九：「讀蘇辛詞，知詞中有人，詞中有品，不敢自為菲薄。然辛以畢生精力注之，比蘇尤為橫出。吳子律曰：『辛之於蘇，猶詩中山谷之視東坡也。東坡之大，殆不可以學而至。』此論或不盡然。蘇風格自高，而性情頗歉，辛卻纏綿悱惻，且辛之造語俊於蘇。若僅以大論也，則室之大不如堂，而以堂為室，可乎？」

■ 劉熙載《詞概》：「蘇辛皆至情至性人，故其詞瀟灑卓犖，悉出於溫柔敦厚。或以粗獷託蘇辛，固宜有視蘇辛為別調者哉。」

■陳廷焯《白雨齋詞話》卷一：「蘇辛並稱，然兩人絕不相似。魄力之大，蘇不如辛；氣體之高，辛不逮蘇遠矣。」

■又卷六云：「東坡心地光明磊落，忠愛根於性生，故詞極超曠，而意極和平。稼軒有吞吐八荒之概，而機會不來，正則可以為郭李，為岳韓，變則即桓溫之流亞，故詞極豪雄，而意極悲鬱。蘇辛兩家，各自不同。後人無東坡胸襟，又無稼軒氣概，漫為規模，適形粗鄙耳。」

■王國維《人間詞話》：「東坡之詞曠，稼軒之詞豪。無二人之胸襟而學其詞，猶東施之效捧心也。」（按：《人間詞話刪稿》云：「東坡之曠在神，白石之曠在貌。」）

■又云：「讀東坡稼軒詞，須觀其雅量高致，有伯夷柳下惠之風。白石雖似蟬蛻塵埃，然不免局促轅下。」

■又云：「蘇辛，詞中之狂。白石猶不失為狷。」

■鄭騫〈成府談詞〉：「王國維《人間詞話》云：『東坡之詞曠，稼軒之詞豪。』拈出豪曠二字，與白雨齋持論暗合。予謂：曠者能擺脫，故蘇詞寫情感每從窄處轉向寬處。豪者能擔負，故辛詞每從寬處轉向窄處。蘇〈滿庭芳〉『歸去來兮，吾歸何處，萬里家在岷峨。』一首，是曠之例證。辛〈沁園春〉『老子平生，笑盡人間，兒女恩怨。』一首，是豪之例證。」

■鄭騫〈漫談蘇辛異同〉：「王國維《人間詞話》云：『東坡之詞曠，稼軒之詞豪。』這兩句話論蘇辛詞之不同，也非常確切。……曠者，能擺脫之謂；豪者，能擔當之謂。能擺脫故能瀟灑，能擔當故能豪邁。這是性情襟抱上的事。而曠之與豪並非是絕對不同的兩種性情，他們乃是一種性情的兩面。用舊日的哲理名詞來說，都是屬於陽剛性的。……胸襟曠達的人，遇事總是從窄往寬裡想，寫起文學作品來也是如此……。與東坡相反，稼軒總是從寬往窄裡想，從寬往窄處寫。」

附錄二：東坡詞思考問題

一、杭州時期

（一）東坡為何到杭州才開始填詞？他填詞的心理背景為何？
（二）如何面對離情與鄉愁？東坡在詞中抒發這些情思時表現了那些特色？
（三）東坡送別前後任知州陳襄、楊繪所作的詞，其語境與心境有何異同？
（四）東坡杭州詞在東坡文學中有何獨特的意義？

二、密徐湖時期

（一）東坡詞如何形成其「清麗韶秀」和「激昂排盪」兩種詞風？
（二）東坡這時期的農村詞有何特色？
（三）出入行藏，東坡如何自處？請追蹤東坡此期的心境變化。
（四）東坡此期詞如何深化其生離死別、年華漸老、人生如夢之感？

三、黃州時期

（一）元豐五年前後，東坡詞境有何不同？其變化之因素何在？

（二）請分析東坡黃州月夜詞所表達的心境與意境。

（三）王國維《人間詞話》云：「東坡之詞曠，稼軒之詞豪。」鄭騫先生解釋說：「曠者，能擺脫之謂；豪者，能擔當之謂。能擺脫故能瀟灑，能擔當故能豪邁。這都是性情襟抱上的事。」胸襟曠達的人，遇事總是從窄往寬裡想，相反的，豪宕的人卻總是從寬往窄處鑽。請以東坡〈定風波〉（莫聽穿林打葉聲）、〈滿庭芳〉（歸去來兮）等詞，辨析東坡詞「曠」的意義。

（四）在歷史遺跡與自然風光之間，在變與不變的思辨中，東坡如何體悟，覓得生命的安頓？請從東坡一系列赤壁文學中探析之。

四、黃州以後

（一）東坡黃州以後詞爲何多表現爲淡遠的風格？請由東坡此期的際遇與心境，及其創作態度論析之。

（二）請比較東坡前後期杭州詞（神宗熙寧年間與哲宗元祐年間）之異同。

（三）試從〈定風波〉、〈如夢令〉二首、〈木蘭花令〉等詞，分析東坡如何透過對柔奴之讚嘆、自我的對話和緬懷歐陽修，探問並體悟自我生命的意義。

（四）請以〈水龍吟〉（似花還似飛花）、〈賀新郎〉（乳燕飛華屋）、〈西江月〉（玉骨那愁瘴霧）等詞為例，論述東坡詠物寫情的特色。

附錄三：延伸閱讀書目

■ 龍沐勛校箋：《東坡樂府箋》，臺北：臺灣商務印書館，一九九九。
■ 唐玲玲：《東坡樂府編年箋注》，臺北：學生書局，二〇一七。
■ 鄒同慶、王宗堂：《蘇軾詞編年校注》，北京：中華書局，二〇〇二。
■ 鄧子勉：《新譯蘇軾詞選》，臺北：三民書局，二〇〇八。
■ 顏崑陽：《蘇辛詞選釋》，臺北：里仁書局，二〇一二。
■ 王水照選注：《蘇軾選集》，臺北：萬卷樓圖書有限公司，一九九一。
■ 王水照：《蘇軾論稿》，臺北：萬卷樓圖書有限公司，一九九四。
■ 林語堂著、宋碧雲譯：《蘇東坡傳》，臺北：遠景出版社，二〇〇五。
■ 李一冰：《蘇東坡新傳》，臺北：聯經出版事業公司，二〇一九。
■ 康震：《康震評說：蘇東坡》，臺北：木馬文化事業公司，二〇一〇。
■ 黃啓方：《東坡的心靈世界》，臺北：學生書局，二〇〇二。

■劉少雄：《有情風萬里卷潮來——經典・東坡・詞》，臺北：麥田出版社，二〇一九。

■劉少雄：《東坡詞・東坡情》，臺北：遠流出版社，二〇一九。

■劉少雄：《以詩爲詞——東坡詞及其相關理論新詮》，臺北：五南圖書出版公司，二〇二〇。

國家圖書館出版品預行編目資料

東坡詞選注／劉少雄著. -- 初版. --
臺北市：五南圖書出版股份有限公司,
2021.06
面； 公分
ISBN 978-986-522-866-8（平裝）

852.4516　　110009261

1XLB

東坡詞選注

作　　者 — 劉少雄（344.9）
編輯主編 — 黃文瓊
責任編輯 — 吳雨潔
封面設計 — 姚孝慈
美術設計 — 姚孝慈
出 版 者 — 五南圖書出版股份有限公司
發 行 人 — 楊榮川
總 經 理 — 楊士清
總 編 輯 — 楊秀麗
地　　址：106台北市大安區和平東路二段339號4樓
電　　話：(02)2705-5066　　傳　　真：(02)2706-6100
網　　址：https://www.wunan.com.tw
電子郵件：wunan@wunan.com.tw
劃撥帳號：01068953
戶　　名：五南圖書出版股份有限公司

法律顧問　林勝安律師

出版日期　2021年 6 月初版一刷
　　　　　2025年 2 月初版三刷
定　　價　新臺幣360元